かぶきもん

米原信

文藝春秋

目次

装丁　野中深雪
装画　龍神貴之

かぶきもん

初出

「牡丹菊喧嘩助六」　「オール讀物」二〇二三年十一月号
「ためつすがめつ」　書き下ろし
「伊達競坊主鞘當」　書き下ろし
「連理松四谷怪談」　「オール讀物」二〇二四年七・八月号
「盟信が大切」　「オール讀物」二〇二二年十一月号
「耶蘇噂菊猫」　書き下ろし

牡丹菊《はなとはな》喧嘩《きそう》助六《すけろく》

白鼻緒の雪駄《せった》をつっかけて楽屋口から飛び出した。髷《まげ》もわずかに曲がり、鬢《びん》の毛は油の押さえも利かずにハラハラと乱れていく。男は小走りで芝居小屋から離れながらも、チラチラと振り返る。誰も出てこないのを見ると、また走ろうとした。が、その足を前には出さない。代わりにタッタタッタと刻んでやる。

(――来やしねえや。)

足踏みを刻んでいくと、そのうち拍子に乗ってくる。トントン、トコトン、スットントン――まるで奴《やっこ》の踊りの足拍子だ。この男、どうやら役者のようである。

江戸一番の粋な顔を苦笑いに染めたとき、楽屋口から下駄の音がしてうららかな肌寒さをぴりと裂いた。その音を聞くやいなや、男はゆっくり駆け出した。背後から聞こえた下駄の音は、男の耳には馴染んだものだ。下駄の主は、女物の長襦袢《ながじゅばん》を一枚ぞろり羽織ってしごき帯で締めている。男の髪と同様に、襦袢の合わせも自分の息も少し乱れていた。

「き……菊《きく》さんっ!」

一声振り絞って、下駄が止まった。ほの白い息を切らせているのは、中二階の楽屋風呂から洗い髪もそのままに飛び出してきたからだ。それでも顔を振り上げて、にこっと笑《え》んでみせる。

「待っとくれよぉ……」

「菊さん」が呑気に踊って待っていたとも知らず、呼び止めてホッとしたのか大きく息を吸った。その途端、眉も描かず紅《べに》もさしていないことに気がついたようで、慌てて袂《たもと》で顔を隠す。指先すら出さずに袂を使うその姿は、まるで芝居の赤姫《あかひめ》だ。

「なんだなぁ粂《くめ》、そう焦るこたぁあるめえじゃねえかよ」

菊さん、と呼ばれた男はその袂の下から腕を通し、きゅっとしごき帯を締め直してしまう。そのまま下駄を濡らす風呂上がりの濡れ髪を撫《な》で付けてやった。いつの間にやら辺りにはいささか人が出ており、団子をくわえた小僧が「ねえちゃん、ねえちゃん、こっち！」と駆け出すと、年のほどなら十七、八の姉とおぼしき黄八丈の娘が「見ちゃいけないよ！」と止めた。しかしこの男は何のその、天下の芝居町で白昼堂々「粂」を抱いて余裕綽々《しゃくしゃく》。

「お気になさんな、男同士さ」

そう言うと、白い歯を見せてにししっと笑う。

「菊さん、楽屋でゆっくりお話ししましょうよ、ねえ？」

また濡れ髪を撫で付けられ、抱かれた男は無理に腕をほどかせた。確かに抱いている「菊さん」は月代《さかやき》まぶしく水もしたたる、紛うことなき色男。しかし抱かれている「粂」は、緋襦袢の色香たるや辰巳《たつみ》芸者そこのけ……。

辺りで見ていた連中はみんな目を白黒させた。いったいどういうやつらなんだろう、このふたりは――物見高くちらちらと見ている人垣のわきで、さっきの黄八丈の娘だけは「菊さん」の小粋な顔を凝視している。その娘の口が、「まさか」、というようにぱくぱくと動いたかと思うと、一気に顔中真っ赤にして泣きそうになった。

「きゃあーっ!!」

素《す》っ頓狂《とんきょう》な黄色い声をあげるものだから、「ねえちゃん、往来でうるさいぞ」と弟が呟く。それでも娘はあたふたし続けだ。言葉が喉に引っかかってうまく出てこない。人間、推しの役者に思いがけず出くわすと誰しもこうなる。き、き、ききき……と言葉にならない言葉を必死に紡ぐ姉は、弟に「きつねか？」と茶化されぶんぶんと首を振る。

「菊さま、あたしの菊五郎《きくごろう》さま!!」

――その声に皆がはたと手を打ち、堰《せき》を切ったかのようにざわめき始めた。「菊さん」はバレちまったかとばかりにはにかみ、そこらに手を振ってみせる。女の大半はぽけーっと見つめるか、足元から崩れ落ちんばかり。男たちまで「あんな男に生まれてえなあ……」とささやくほどだ。

この男ぶりこそ芝居町きっての色男、音羽《おとわ》屋の三代目尾上《おのえ》菊五郎である。一代で二枚目菊五郎の名を江戸中に轟《とどろ》かせ、大作者鶴屋南北《つるやなんぼく》を父と慕って芝居小屋を縦横無尽。菊五郎の芝居必ず大入り御礼と謳《うた》われた名優、齢は未だ三十六の芝居盛りだ。それだけあって手慣れたもので、例の娘に「驚かしてすまなかったな」と声をかけてやるその姿の絵になること。

一方菊五郎の傍らで、緋襦袢に身を包んだ男は急に顔を隠してしまった。おおかたこちらも役者であろう、誰だ誰だと人が群がるのでますます隠す。その所作の優雅さ艶やかさは、そこらの女が真似しようとしてもできるものではない。

「き、菊さん、戻りましょ？」

さっきまでの辰巳ぶりはどこへやら、「条」は菊五郎の袖をつんつんと引いた。

「急ぐなって、ご贔屓《ひいき》さまは大事にしねえと……なんだあツラ真っ赤にして⁉」

「だ、だって、このほおずきの化け物みたいなナリじゃあ……天下の往来で……」

首を傾けるそのシナは、江戸で鳴らした立女形《たておやま》にそっくりだ。波立つ人々の中で、ひときわ上質なおかいこぐるみの若旦那が男の仕草にふと勘づく。

「ちょいと。おまえさん、大和屋《やまと》の半四郎《はんしろう》さんの倅《せがれ》じゃないかい？」

大和屋の半四郎といえば、当代一の立女形・五代目岩井《いわい》半四郎のことだ。大名の奥方や傾城《けいせい》を掌中におさめ、さらには鶴屋南北の書く伝法な姐《あね》さんまで演じてのける半四郎。その倅も同じく女形で若手の希望の星、幼くして父の前名を継いで今や二十歳《はたち》の時分の花――

「そうさ、二代目の岩井条三郎《くめさぶろう》ってのはこいつのことよ」

菊五郎が鼻高に言った。若旦那はやっぱりかと目を輝かせ、条三郎の手を取る。

「条さんも音羽屋さんも無事でお戻りかい、よかったよ。あんたがたがいない間、ここらは火が消えたみたいで……条さん、あたしゃあんたこそおとっつあんの藝《げい》を継ぐ役者だと思ってるんだ、早いとこ揚巻《あげまき》を」

若旦那が熱っぽく手を握るので、条三郎は痛さに顔をしかめた。途端に頬の赤みもさめ、その手をそっとしっかり押し返す。

「吉原きっての花魁《おいらん》を演《や》れと仰いながら――その手にアザをつける気?」

「……お見事、悪態の初音《はつね》!」

江戸の女形はこれでなけりゃ、と若旦那がうきうき手を離せば、弟が「ねえちゃん⁉」と叫んで団子を落とす。辺りの連中の群がるど真ん中で、さっきの菊五郎贔屓の娘が顔を真っ赤にして倒れたのだ。

「……どうして俺ぁこんなにいい男なんだ、罪だねえ……」

降って湧いた騒ぎも、菊五郎にはただの茶飯事。ちょうど楽屋口から下足番のおっさんがなんだなんだとゴマの頭を覗かせたので、「いつものことよ、戸板持ってこい!」と軽やかに言ってのけた。


我等代々團十郎ひいきにて生国は花の江戸のまん中――戯歌《ざれうた》。

江戸の芝居の看板役者といえば、江戸随市川《えどずいいちかわ》と名の高い成田屋《なりた》の市川團十郎《だんじゅうろう》である。今年、文政二年の時点で七代を数える由緒ある名跡《みょうせき》で、当代の七代目は未だ二十九ながら主役を数多く務めている。

この御曹司の向こうを張る人気者、それが菊五郎だ。あちらが先祖代々の藝と贔屓の蓄積で戦っている一方で、この音羽屋はもともと建具屋の倅。ひょんなことから役者に拾われて主役に抜擢され、一匹狼の身軽さを活かして目を見張るような工夫を入れ込んだ芝居をするものだから、江戸の女子の狂喜乱舞はこの上ない。「俺は大江戸八百八町の女のために色男やってんだ」とまで言う自信は伊達《だて》ではなく、ついにたった三代目の「尾上菊五郎」の名題《なだい》看板が「市川團十郎」のそれより僅《わず》かに小さいところまで迫ってしまった。いまや江戸っ子の芝居好きは、團十郎の贔屓か菊五郎の贔屓かで真っ二つだ。

——菊五郎が件《くだん》の娘を卒倒させた頃、ひとりの手代が黒振袖の娘を追いかけていた。

「お、お嬢さま、待ってくんろ……」

「何よ！　どいつもこいつも音羽屋音羽屋って、成田屋の方がいいに決まってるじゃない!!　伝《でん》八《ぱち》、あんたも成田屋がいいでしょ!?」

べそをかきそうな顔できっと睨まれ、伝八は抱えた荷物を落っことした。

「お、おらわからねえべ……」

「野暮。あんた、江戸に奉公に来てお芝居も観てないの？」

「そんな暇あるわけなかんべ！」

伝八が言い放てば、娘はぽかんと口を開けたままだ。

「ほんとに、知らないの？」

「……知らんでも死なねえべさ」

伝八にはわかる、この娘が笑いをこらえていることが。

「——知らざあ言って聞かせやしょう♪」

「へ？」

娘はくるりと回り、振袖の袂をはためかせた。

「いい？　まずね、この句を読んでみて」

しゃがんで木の枝を手に、さらさらさら——と地面に書くのを伝八は肩越しに覗き込む。

「ええ……日に千両、鼻のうえ下、へその下……なんだべ？」

「わかんないかあ〜、これはね、お江戸で一日に千両商《あきな》うすごいところはどこかってこと。鼻の上が目、お芝居。鼻の下は口、これは日本橋の魚河岸。へその下は……」

そこまで言って、娘は絶句して頬を染めた。思わず伝八は手をポンと打つ。

「吉原だべ」

「……あんた、それがわかるならお芝居もわかりなさいよ……もう！」

ほら消して、と促されて伝八は足で土を払った。

「だからね、芝居町はお江戸で一番楽しいところなの！」

娘が惚《ほ》れたような顔で天を見ているので、（長くなるべなあ……）と覚悟して伝八はその場に腰を下ろした。娘は伝八を見もせずに、立て板に水とまくしたてる。

「お江戸には三座《さんざ》っていう、三つの大きな芝居小屋があって競争してる。どこの客入りがいちばんいいかとか、どこが成田屋を雇うかとか……あくび禁止」

間抜けに開いた口を見とがめられて、伝八は二の腕をつねった。

「寝てないで覚えなさいよ、粋になりたくないの？　さっき見たのが中村《なかむら》座、ここからもっと南にあるのが森田《もりた》座、あたしたちが行くのが玉川《たまがわ》座」

へえ、とあくびをこらえて相槌を打つ。

「それで、江戸の芝居は一年通して同じ一座でやるから、そのお披露目が一番大事――あんた、顔見世月《かおみせ》は知ってるでしょ？」

　ぶんぶん、と首を振る。

「そっか。毎年霜月を顔見世月っていってね、これから一年、次の顔見世まではこの役者、この作者でこの小屋の芝居を務めますってやるの。見物客との約束みたいなものだから、滅多なことがないと年の途中で別の小屋に出たり出させたりできない」

「あ、お嬢さまは今年玉川座しか観《み》とらんべ！」

「そうよ、成田屋はそこしか出ないから。たぶん座元《ざもと》とか金主《きんしゅ》とかが一座を決めてるんだろうけど、ほんとにお礼言いたい……よくぞ音羽屋と違う小屋にしてくれました、って！」

　しかも音羽屋は主役できないみたいだし――と今度は菊五郎をけなす言葉が娘から転《まろ》び出る。伝八はそんな人気の菊五郎でも主役ができないのかと不思議に思いつつ、とうとうあくびをした。


　伝八の不思議も尤もだが、芝居町では人気役者が必ずしも美味しい思いをするとは限らない。芝居小屋の役者にも序列があるのだ。

　今年菊五郎が一座する中村座では、老けが得意の加賀《かが》屋初代中村芝翫《しかん》が一番手の座頭《ざがしら》つまり主役。優男《やさおとこ》をこなす大和《やまと》屋三代目坂東三津五郎《ばんどうみつごろう》が二番手だ。互いに四十の歳を回り、藝は円熟に手が届く。その下に並ぶのが菊五郎に粂三郎だ。この序列を外れて主役を張れるとすれば、芝居小屋に金を出している金主や小屋を持っている座元に泣きつくくらいのことをしてやっとだろう。

――かたや「團十郎」はその看板だけで主役を得るのに、である。

「あたしと菊さんはついさっき帰ってきたんだけどね、旅芝居から。そしたらあの菊、次の芝居も役も気に入らないってブツクサ……ちょっとお浪《なみ》ちゃん、聞いてる？」

条三郎が呼んだお浪、というのはぶっ倒れたあの娘だ。戸板に乗せられ、稲荷町《いなりまち》の下積み役者たちに運ばれ、中二階と呼ばれる女形の楽屋に寝かされ、目が覚めたら条三郎が「お白湯《さゆ》？」

――それはそれはのぼせあがって、きょろきょろきょろきょろ……

「き、聞いてます！　菊さま、どんなお役なんですか？」

「幽霊。髭《ひげ》ぼうぼうで顔は火傷《やけど》」

条三郎が静かに言うから、お浪は「ひぃ！」と震え上がる。その時、楽屋の障子がガラッと開いた。広い中二階の楽屋を大股で歩き抜けて、条三郎の傍らのついたてを押しのけて菊五郎は尻をまくってあぐらをかく。切り立ての白い六尺褌《ふんどし》が腿の付け根に輝き、髷の乱れまでもが艶やかだ。役者の中でも中二階の女形部屋で尻を出すのが許されるのは、この菊五郎ともうひとりくらいだろう。震えていたお浪もつい感嘆の声なき声をもらし、目玉はきょろきょろをやめて生脚にちらちら……

「菊さん、どう？」

条三郎は茶を淹《い》れつつ聞く。

「べらぼうめ、死にさらせ弱腰ども！」

荒っぽい答えにお浪は肩をぴくと震わせたが、条三郎は「そりゃダメでしょうよ、ばーか」とかわす。歳は菊五郎が十五は上、藝の道でも大先達のはずだが——こうしてみると、どちらが姉やら弟やら。

「だからあたしと相談してからって言ったろ？　……あら、みなさんお揃いで」

条三郎が向いた先には、貫禄のある腹をした男がふたり立っている。すすっと座布団を勧める様子すらも絵になるのが、若女形・岩井条三郎の真骨頂だろう。

「座頭、オジキ、話聞きに来てくれたんか」

「菊五、悪いがおめえの言うことばかり呑んじゃいられねえ」

座頭と呼ばれた男は座布団に座り、菊五郎に眉間の皺を向けた。この男が中村芝翫であることは、芝居通のお浪にはなんとなくわかる。隣のオジキと言われたのは坂東三津五郎、通り名は住む町の名から取って「永木《えいき》の親方」。

「もう芝居も決まってんだ、おめえの役は幽霊坊主だ」

三津五郎が裾を払って座布団にかける。芝翫とふたり並んだところは、まるで武家の上使《じょうし》だ。流石《さすが》にお浪もその場の空気を重く感じて、顔の赤みがひいてきた。菊五郎は横を向いてお浪と目を合わせ、重鎮ふたりにも構わずニッと白い歯を見せる。

「嬢ちゃん、目ェ覚めたか」

「お浪ちゃんだとさ。浜町《はまちょう》に松風《まつかぜ》屋って呉服屋あるだろ、あすこの娘さん」

条三郎が口を挟むと、お浪はあわてて頭を下げた。菊五郎はお浪の頭にほこりがあるのに気づいて、懐《ふところ》から菊五郎格子の手拭いを出して払ってやる。

「松風屋のお浪ちゃん、か。毎度ご贔屓ありがとうごぜえやす、使いさしで悪いが土産に持っておいきなせえ」

その手拭いをスッと畳むと、お浪の手にしっかりと握らせた。これには平静を取り戻したお浪もたまらず、みるみる耳まで真っ赤——その様子に条三郎は、わずかに唇をとがらせる。

「ちょっと、またお浪ちゃん倒れちゃうだろ。ちっとは自分が色男だって気づけ」

色男。言われなくたって気づいている。尾上菊五郎は色男だ、その色男が久方ぶりに江戸の町に戻ってきたのだ。だからこそ次の芝居が、次の役が気に食わない。条三郎が「ごめんなさいねおじさま方、お話をさえぎって」とよそいきの笑みをつくれば、菊五郎はぷいっとお浪の手を取った。

「……おうお浪ちゃん。あんたは誰見に芝居に来るんだい？」

「き、菊しゃま！」

素っ頓狂に裏返った声で噛んだ。お浪は信じられないやら恥ずかしいやらで、今にも目がうるみそうだ。菊五郎はうんうんと頷き、条三郎に「それみろ」と勝ち誇る。

「あたしに威張ってどうすんだよ」

言われて今度は芝翫と三津五郎を睨みつけ、「どうでえ」。

「どうもこうもありゃしねえ、おめえは幽霊で決まりだ。行くぞ永木の」

「そうよな加賀屋、役渡しでカッとなって出てっちまうような馬鹿の頼みを聞く謂《いわ》れはねえや」

芝翫がひたいを押さえて立ちかけると、三津五郎も同調した。しかし菊五郎はぺろっと舌を出す。

「なーに言ってやんでえ、ご贔屓さまがこの俺を見にくるって言ってんだ。そんなぼさぼさの髭幽霊なんてやってられっか、久々のお江戸のお披露目だぞ」

菊五郎は根っからの勝手放題だ。その勝手が贔屓に、いや江戸っ子にうけが良いのはもっともだが、芝居小屋としては厄介事の種となる。

「どうでもいいから明日からの稽古には来い、幽霊」

芝翫が冷ややかに言い捨てた。それでも菊五郎には馬耳東風、お浪に向かって問いかける。

「お浪ちゃんよ、この菊さまの何が見てえ？」

「え、え、えと……いい男の菊さまが見たい！」

慌てながらも今度ははっきり答えられた。菊五郎はそれを聞いて目を輝かせる。

「だとよ。座頭、江戸一番のいい男でなけりゃ出ねえからな」

これには芝翫も三津五郎も大呆れで、大変なやつと同座したもんだとぼやいて出て行った。とはいえ江戸の芝居小屋は役者も作者も一年契約であるからには、今年中ふたりは菊五郎をあしらうしかない。座頭と二番手役者に楯つくとはと、粂三郎はついため息だ。

「菊さん、いっそ南北先生に書いてもらえば」

「馬鹿ぬかせ、おやっさんは玉川座《むかい》だろ」

菊五郎のわがままをよく聞いてくれるのは、親父とも慕う稀代の狂言作者・四代目鶴屋南北だ。若い頃から人を驚かすことに長《た》け、齢《よわい》を重ねるにつれて生み出す怪談物や写実的な生世話《きぜわ》物の筆のうまさは鰻登り。六十の坂に足をかけてもまだまだ先があるゴマ塩頭の爺さんは、今年は玉川座勤めで菊五郎に芝居を書いてくれることはありえない。江戸の芝居の仕組みの、泣きどころといえば泣きどころだ。

「まあとにかく、火傷面《づら》の髭幽霊なんて俺ぁ嫌だねっ！」

「とかなんとか言って、お向かいで成田屋さんが主役だから負けたくないんだろ」

わからなくもないけどね――と条三郎にそっぽを向かれて、菊五郎の頬に汗が伝う。

「……お、お浪ちゃんも嫌だろ、な？」

菊五郎はお浪の手ごと、さっき渡した手拭いを取って頬をぬぐう。お浪は返事も言葉にならず、息が激しくなってまた倒れた。


「助六《すけろく》」

「助六がどうしたえ」

「次の芝居、助六」

同時刻に玉川座の作者部屋で、立作者の鶴屋南北に神妙に迫る若い男――この男こそ、團十郎。江戸の芝居の現人神《あらひとがみ》とも お不動さまの化身とも称され、隈《くま》取りをして荒事《あらごと》を務めれば右に出る者はない。もちろん荒事のみならずどんな役でも自在にこなし、その目に睨まれると生涯風邪ひとつひかぬという。俳名を白猿《はくえん》と言い、代々の團十郎には及ばぬと謙虚を装う見事な御曹司だ。

「……成田屋、随分急に言うじゃねえか。おめえ『助六』がえれえ芝居だって知ってんだろ？」

南北は煙管《きせる》に火をつけると團十郎に尋ねた。助六。正しくは「花川戸助六《はなかわどのすけろく》」という、江戸芝居一番のいい男の役のことだ。彼が吉原は三浦屋《みうら》の店先で鯔背《いなせ》ぶりをこれでもかと発揮する芝居が、「助六所縁江戸櫻《すけろくゆかりのえどざくら》」である。舞台は一面に桜の造花を吊るし、目にも鮮やかな真っ赤の店先の道具が吉原以上に吉原だと主張する。これこそまさに、江戸の芝居の華盛り。市川團十郎家では、代々家の藝としてこの「助六」を当たり役にしてきた。当代の七代目も以前に一度手がけており、その粋ないい男は折紙付きだ。

ただし。「助六」を上演する労力は、並の芝居の比ではない。大道具小道具も一から用意しなければならず、しかも色彩が豪勢だ。音楽も芝居小屋付きの長唄ではいけない、お座敷唄の河東節《かとうぶし》に頼まなければならないがこんな急では……。さらには看板役者の衣裳は自前だが、それすらも用意できるかどうか。なにせこの芝居には、傾城《けいせい》が山ほど出てくるのだ。

「当たり前だ。こちとら成田屋だ」

成田屋の名は岩をも通す。團十郎の自信は昔からだが、どうにも考えがひとつ足りないところがある。南北だって倅同然のこの男に助六をさせてやりたいが、無理を押してまでやらせるわけにも。

「役者連はどうなんだ、高麗屋《こうらい》に大和屋は」

「俺に任せるとさ」

今年の玉川座には重鎮がふたりいる、悪役の第一人者・高麗屋五代目松本幸四郎《まつもとこうしろう》に条三郎の親父・大和屋五代目岩井半四郎だ。そのふたりまでもがやれと言っているなら、ひとつ目の関所は通ったようなもの。

「裏方は」

「やらせる」

「……てめえが、ちゃんとやらせるんだな？」

「ああやらせる」

「……そんなら俺に否やはねえが……どうして急に言い出したんだ、こんな押し迫ってんだから支度が間に合わねえかもしれねえぞ」

南北が真っ当なことを返した時、廊下がにわかに騒がしくなった。

「ちょっと！　およしなさい！」

障子の向こうから花形の若女形・瀬川菊之丞《せがわきくのじょう》のやや甲高い声がする。パタパタと走る音がその声よりも先に立ち、障子が勢いよく開いた。

「成田屋、どう⁉」

入ってきた娘は團十郎に背中から飛びついた。歳は十七かそこらのように見える、黒地に花散らしの鮮やかな振袖。成田屋の替紋・杏葉牡丹《ぎょうようぼたん》をかたどったかんざしに、目元口元には女形の使うような上等な水紅《みずべに》だ。後から追ってきた菊之丞は、いたたまれずつい苦笑い。

「お嬢さま、楽屋でお待ちをと言ったのに……ごめんね團ちゃん、鶴せんせ」

「――構やしねえよ。しかしずいぶんあでやかな娘っ子だが……成田屋、こちらは？」

問われて團十郎も邪魔くさそうに背中の娘をはがすと、南北の吸いさしの煙管を取り上げ一服呑んだ。煙をほうと吐いて、からりと煙管を放って返す。

「うちのご贔屓さんで」

「蔵前の札差《ふださし》の大口《おおぐち》屋さん、そこのお嬢さんです」

言うべき最小限すら言わない團十郎に代わって、菊之丞が補った。

「杏《あん》よ♪　あなたが鶴屋南北？」

「へえ、左様で。老いさらばえたしがねえ芝居っ書きでごぜえやす」

ご贔屓とあればまずはお辞儀だ。南北もゴマのつむりを下げ、「ご贔屓痛み入りやす」と礼を言う。菊之丞はお杏の手を引き、傍の座布団を勧めた。

「で、鶴せんせ。『助六』は……？」

「……おめえも、助六やりてえのか？」

南北に尋ねられ、菊之丞は袖で口元を隠しつつ向き直る。

「いやだ鶴せんせ、ぼくは女形！……でも、揚巻なら。半四郎のおじさまに習ったし、お衣裳もお貸しくださるって――これで演《や》れなきゃ、濱村屋五代目瀬川菊之丞の名折れだよ」

揚巻というのは助六の恋人、三浦屋随一の花魁の役だ。助六役者と揚巻役者がふたり揃って上演したいと懇願してくる、流石の南北もこんな状況は前代未聞。

「……おい、おめえたちなんでこんなギリギリに『助六』やりてえなんて言い出したんだえ？」

言われて役者ふたりは顔を見合わせ、ちらちらとお杏を見た。菊之丞が「言いなよ」とばかりに畳をパンと打ち圧をかけるので、團十郎は座り直す。

「実は……こちらのお頼みで」

「娘御の？」

南北の眉間に怪訝《けげん》そうな皺がぎゅぎゅっと寄った。團十郎は言葉を紡ごうとしたが、それより早くお杏がずいと南北に近づく。

「あたし、今度名披露目《なびろめ》するの！　河東節《かとうぶし》の名取《なとり》よ！」

河東節の名披露目といえば、師匠から藝名を貰った時に盛大に大曲を演奏して披露目とするものだ。河東節にも色々曲があるが、一番の人気曲は「所縁江戸櫻」、通称「助六」。つまり、市川團十郎家の助六を上演する時に劇中で唄う花川戸助六を称《たた》える唄である。この唄を舞台上で唄い弾くのは、成田屋を贔屓にする魚河岸や札差の旦那衆、奥様方と決まっていた。所詮素人《しろうと》とあなどるなかれ、その技倆《ぎりょう》は玄人《くろうと》はだしだ。

「でも、ただお三味線するだけじゃつまらないでしょう？　だから成田屋におねだりしたの、助六やってほしいなって」

薄紅を引いた口元がニッとなる。南北の口があんぐりと開いたままになっているのは、歳のせいだけではあるまい。

「成田屋、とんだご贔屓を持ったな……」

「だからやらせろ」

「ちょっと團ちゃん、頭くらい下げな！」

菊之丞に突き倒されて、團十郎の両の手は畳についた。衿の合わせからのぞく胸元は爽やかに筋骨たくましく、江戸随一の男伊達・助六を演じるのは今はこの男だけというのも納得だ。

「ご贔屓さまの仰《おお》せ、か。そいつぁ無下《むげ》にもできねえな……」

南北がぎょろ目を回して問いかける。

「おめえら、江戸一番の美男美女になる覚悟はあんのかい？」

聞かれてふたりは得意げに顔を上げる。

「あたぼうよ」

「なめてんの？」

南北もそれを受けて、立ち上がって伸びをする。そのまま腰をさすり、障子に手をかけた。

「俺は座元と金主へ話をつけてくる。おめえらは吉原と魚河岸へ、『助六』かける吉例のご挨拶だ。ほれ行った行った！」

南北が足速に道具方の作業場へ消えたあと、作者部屋では團十郎が満足そうに頷いた。


初日まで間もない中で降って湧いた成田屋の助六は、春風に乗って一夜のうちに江戸中の噂になった。それもそのはず、「助六所縁江戸櫻」は成田屋以外に演じ手がない演目なのだ。江戸っ子たちが粋な花川戸助六を見たい見たいとせがんでも、この七代目市川團十郎という歳若い成田不動の申し子が頷かなければどうしようもない。それがなんの冥加《みょうが》か玉川座の芝居は「助六」、しかも揚巻は濱村屋の菊之丞――濱屋不動と評判の女夫役者が恋人役というのだから江戸っ子の狂喜乱舞は天井知らず。

「今度の芝居は玉川座だろ、成田屋の助六を見逃すやつはイモさ」

「あの團さまの助六よ、江戸紫の鉢巻に緋縮緬《ひぢりめん》のお襦袢！」

「俺ぁ通い詰めるぜ、助六の啖呵《たんか》になったら『成田屋ッ!!』の嵐にしてやる」

「あたしは濱屋さんの揚巻が楽しみ、どんなお美しい打掛かしら……」

江戸中が浮き立っているのを聞けば、裏方連中だって二の足を踏んではいられない。道具方は「成田屋さんの言うこった、ようがす！　夜の目も寝ねえでこさえやしょ」とさっそく木場へ買い付けに走る。かつら師も「成田屋さんにゃ代々世話になってる、とはいえかんざしが足りるか分からねえがなぁ……」と言いつつ腕をまくった。「助六」上演時にいつもご挨拶に伺う魚河岸と吉原からは、團十郎と菊之丞の訪問を受けて使いが南北の元に飛んできた。吉例の祝いの品は魚河岸からは助六の下駄と鉢巻に祝幕《いわいまく》、吉原からは傘に煙管に揚巻の提灯それに祝幕、いずれも三日で調《ととの》えるのでご心配はご無用との口上。江戸随市川と称えられる成田屋だ、江戸中こぞって協力するのも当たり前。どうやら南北の懸念は杞憂に終わったようだ。

玉川座の前には急拵《きゅうごしら》えのふれ看板が立ち、配役も大急ぎで明かされた。

花川戸助六
実は曽我五郎時致《そがのごろうときむね》　團十郎
三浦屋揚巻　菊之丞

書き出しに若手がふたり、その後は花魁やら若い者やらが小さく書かれ、最後は助六の義姉お十《じゅう》と敵役の意休《いきゅう》がこのとおり。

白酒売お十

実は曽我十郎祐成《じゅうろうすけなり》の妻虎《とら》の前《まえ》　　半四郎

髭の意休

実は平家残党伊賀平内左衛門《いがへいないざえもん》　　幸四郎

若手花形から重鎮まで顔を揃え、鶴屋南北が一筆したためた大看板。役名にはそれぞれ「実はだれそれ」と、源平合戦・曾我の仇討の鎌倉武士の名を添える。この古式ゆかしい吉例こそが成田屋の「助六所縁江戸櫻」、つまり日本の助六である。

「南北先生、できましたな」

看板を眺める南北の背後から色のない声がかかった。

「今助《いますけ》どん、いいのかねえこんな間に合わせで……」

「よろしゅうございますとも」

今助と呼ばれた男は、銀延べの煙管で一服ぷかりと吹いた。この男、名を大久保《おおくぼ》今助という。元は水戸の郷士だそうだが、何の巡り合わせか富くじに当たって玉川座の金主の株を一手に買い占めた――つまり、大事なお大尽さまだ。玉川座の興行は、彼が頷かなければできない。

「團十郎の助六で、客が入らないことはありますまい。恥ずかしながら、この今助は金子《きんす》が大の好物ですから」

「恥じるにゃ及ばねえ、人間誰しもそんなとこがあらあな。それに他の小屋にゃ悪いが、『助六』より人気の芝居なんざねえ――助六に勝てるのは助六くれえよ、儲けは心配しなさんな」

南北は目をこすって伸びをする。どこからか風に乗って桜花が飛んできて、今助の腰の大小それぞれにちょこんと乗った。今助は二枚の花びらをつまみ上げると、懐紙にはさんで懐に納める。

「なるほど、なるほど……花若戸の助六、大いに結構」

ぼそりとつぶやき、紫の着流しを翻《ひるがえ》して中村座の方へ消えていった。

「花若戸じゃねえ、花川戸だっての」

あいつ金回りはいいが、ああも芝居を知らんのはなあ——南北のぼやきは、「助六」を待ちわびる雑踏に覆われた。

こうなると頭を抱えるのは中村座の座頭・芝翫だ。ただでさえ芝居が決まっていない中村座の向かいで成田屋が助六を演じる。どうあがいても客は玉川座に流れる。

「永木の、首でもくくるかい」

水を向けられ、竹馬の友の三津五郎は鼻で笑う。

「与太ぁこくんじゃねえ、何かしらかけりゃ客は来るさ」

「その何かしらすら決まらねえままだろ、あの馬鹿のわがままで」

いい男の役でなけりゃ引き受けねえ、幽霊なんざごめんだ。そう言い続けた菊五郎は、もはや日も高く上って九つに近いというのにまだ来ない。

「ほんとどこ行ったんですかね、あの馬鹿」

条三郎もほとほと呆れたとみえて、芝居町を探し歩くでもなく三階の稽古場の隅で紅の色味をあれこれ試している。芝翫はどうにも稽古にならんと、弟子に碁盤を持って来させて三津五郎に黒石の碁笥《ごけ》を渡した。ぱちぱちと打ち合い、ある程度陣形が固まった時だ。

「おい！　稽古だ稽古！　やるぞ！」

勢いよく叫んで飛び込んできた揺れで、碁盤の上は瞬く間にまるで大混戦。条三郎の頬には、唇をそれた紅がシュッとついた。芝翫は顔をあげると、腕を組んだ。

「おう菊五……遅れてすまんとか、そういうのはねえのか、そういうのは」

「ん？　俺だってただ遅れたわけじゃねえや、ちっと役を決めてきたのサ」

菊五郎は詫びるそぶりもなく、得意げにそこらをウロウロとせわしない。思わず三津五郎がからかいにかかる。

「菊さまよ、どんな色男かお決まりですかぃ」

「あたぼうよ、聞いてびっくりして目ん玉回して馬鹿になっちまえ」

そう言うと手拭いを肩にかけ、裾をまくって脚を剥《む》き出して勢いよく座った。

「江戸随一のいい男だ、助六やんぞ!!」

すけろく。……はて、音羽屋の当たり役にそんなものがあったかな……芝翫の頭はうまく回ってくれなかった。三津五郎は「しまった……」とこぼす。藝敵《げいがたき》の團十郎が向かいの小屋で助六をかけると聞けば、この男ならやりたがると予想できただろうに。

「き、菊さん、菊さんっ！　今、助六って言ったのかい!?」

「おうよ、花川戸助六だ！」

条三郎が焦って問いただしても、菊五郎はどこ吹く風。

「なんだ？　この菊さまだぜ？　助六のむきみの隈取りして紫鉢巻、紅裏《もみうら》小袖に赤ふん締めてよ。似合わねえわけがねえ、見てえだろ？」

成田屋なんか裸足で逃げ出すぞ、そう言ってのけた。

「その成田屋さんがまずいっての、助六は向こうの家の演《だ》し物じゃないか！」

条三郎の唇に引いた紅が、一瞬で紫に色を変えた。天下の尾上菊五郎といえども、助六だけは上演できない。助六は成田屋の演し物、そう決まっていることこそ江戸の芝居のしきたりなのだ。

「いいじゃねえかよ、粋で鯔背ないい男の菊さまを見てえ御見物はいっぺえいるんだ」

「だからっておめえ、成田屋に嚙み付くってのか」

三津五郎も諭《さと》しにかかる。團十郎に睨んでもらえば病気平癒というのは世間でのこと。まさか七代目はするまいが、楽屋内では「團十郎に睨まれたら江戸十里四方所払《ところばら》い」とまでいう古老もいるのだ。

「向こうの演し物を勝手にやっていいはずがねえ、よしんば頼み込んだって無理だ」

菊五郎の頭の上から仁王立ちで静かに怒鳴りつけた。その三津五郎の声を聞いたか、聞かずか

「世の中無理が通りゃ道理が引っ込むってんだ、やりてえもんやってなにが悪い」

ふんとすました顔の奥に、江戸で最もいい男の意地が覗く。芝翫は黙って聞いていたが、その意地を見て嘆息した。そして碁石をざらりと片付け、黒をひとつ、白をひとつと置く。

「菊五、ぽっと出のおめえがあの御曹司に勝てんのか」

「あったりめえよ、しきたりなんぞにかまけてるお坊ちゃんとは腹の据わり方がすこぉしばかり違うんでえ」

これを聞いて、芝翫はさらに白をふたつ置く。

「裏方は説き伏せて回れても、吉原や河岸の連中はしきたりにないとしか言わんぞ。手を貸してなどくれん、それでもやる気か？」

「そんなもん、どうにでもしてみせらあ」

客は「菊さま」を見に来る、菊五郎がいい男の助六を演じていれば充分だ、その自信からくるのだろうか。それとも、菊五郎の意地っ張りか――今度は黒をざらざらと碁盤の上に撒《ま》いた。

「おめえ、それで芝居がコケたらどうするつもりだ」

「俺がいるからコケねえよ」

「馬鹿言え、おめえのでけえ口は聞き飽きたわ。いいか、おめえの意地に振り回されて俺たちは身の置き場がなくなる、江戸中から追い詰められて終《しま》いにゃ」

このとおり、と芝翫は黒石を床に払い落とす。

「そんな辛気くせえんでどうすんでえ！」

菊五郎が睨みつけると、芝翫は眉ひとつ動かさず立ち上がった。

「てめえは兵法も知らねえのか、多い石を取れる勝負はてめえの石もどっさり取られるかもしれん。少ない石で勝負できるならその方がよっぽどいい」

これを聞いた三津五郎は、流石は加賀屋だと膝を打つ。

「鶏を捌《さば》くのに牛刀は使わねえだろう、そういうこった。加賀屋、俺らが相手になるやつじゃあねえ。稽古だ稽古」

「あんだじじいども、言い訳並べ立てやがって。成田屋が怖えのか？」

「まだ言うか……そこまで意地で飯を食いてえならてめえで話をつけてこい、話はそれからだ」

芝翫にそう吐き捨てられ、条三郎が「菊さん！」と袖をとるのも振り捨てて、菊五郎は段梯子を踏み鳴らして降りて行った。

しかし翌朝、江戸の街を混乱がおそう。中村座の目の前に突如こんな看板が出現したのだ。

当春三月の興行　お目にかけまする
助六曲輪菊
揚まきの助六　　菊五郎
三浦や揚まき　　条三郎
白酒売り新べえ　　みつ五郎
ひげの意休　　芝翫
そのほか大ぜい　　中むら座

江戸中の人という人が聞いたか聞いたかと噂にし、読売の飯のタネになる。音羽屋の助六だ、珍しい見にいくぞという者もあり。また一方で、成田屋の助六を勝手にやるとはけしからん、助六は團さまのものよ、と言うのはもっぱら成田屋の贔屓筋。とはいえほとんどの客は音羽屋の助六が気になるとみえて、看板の前で「いい男だろうねえ」「すけろくくるわぎく、ってのかねえ」「しかし随分へたっぴな字だな」などと言い合っている。

だが、この芝居の幕が本当に上がるかは誰も知らない。実はこの看板は、菊五郎が勝手に立ててしまったのである。


「聞いてねえんだが」

「まー落ち着け、稽古するぞー」

「聞いてねえんだが⁉」

玉川座の三階に團十郎の叫びが響き渡った。南北の老いた耳には大きな声でちょうどいいくらいだが、流石に今のはキーンと痛む。思わず耳を押さえて、ついでに小指でちょいとほじくった。

「なんだねえお稽古だってのにやかましい、元気あり余ってるなら陰間《かげま》でも抱いてきな」

助六の義姉を演じる立女形・岩井半四郎が静かに言えば、今度は敵の意休役の座頭・松本幸四郎が続く。

「向かいの小屋と芝居がかぶるなんて時折あることだ、そんなに騒いで何になる」

「助六だぜ⁉　俺しかやらねえよ‼」

團十郎が珍しく声を荒げて吠える。江戸の芝居の守り神も、流石にこれには取り乱すようで──菊之丞が揚巻の打掛を羽織ったまま近づいても、成田不動は荒れ続けだ。

「まあ音羽屋さんらしいじゃない、團ちゃん。あのひとだったら、助六やりたくもなるって」

「助六は俺の役だ、挨拶もなしにやるな！」

ふん、と天井を睨んで息をつく團十郎の首に手を回し、菊之丞は背後をとった。

「ねーこーちゃーん」

「は？　……猫？」

「そうだよ、團ちゃんは猫だ」

奇天烈なことを言われ、思わず團十郎は固まってしまう。

「なんだって俺が猫……？」

「ていうか、音羽屋さんがネズミ。大事な大事な成田屋の柱の助六をかじりに来て、恥ずかしくないのかな――團ちゃんはご自慢の両の目で思いっきり睨んでやんなよ、そしたらチュウの音も出なくなるから」

菊之丞は團十郎の肩に顎を乗せ、耳元でささやく。耳から薬湯を流し込まれるように、團十郎の顔から汗がひいてきた。

「そうか、柱か……」

「助六は成田屋さんの柱、成田屋さんは芝居の柱！　昔からそう決まってんじゃん」

「……それで爪研ぐのは俺だけだわな」

「その意気だ、江戸の芝居の総本山！　ネズミ一匹にお山が動いたら野暮だよっ」

菊之丞の顔に笑みが咲いた。半四郎と幸四郎も親子ほど歳の離れた若き江戸芝居の看板に、随市川の藝に自信を持てとばかりに微笑む。南北はその様子を見て、がさごそと台本を読むための眼鏡を探した。

始まればそこは自家薬籠、稽古は順調だ。揚巻の菊之丞が爽快に悪態をついて引っ込むと、足早に助六が出てきた。父祖代々の当たり役・花川戸助六には、工夫をする隙もなく見事な型が整っている。加えて線の太い男らしさで知られた團十郎がその身に叩き込んだ藝で魅せるのだから、稽古場の隅からは端役の大部屋役者の感嘆がほうと漏れた。当の團十郎自身もさっきの狼狽《ろうばい》はどこへやら、先祖譲りの破天荒ぶりだ。

助六は吉原一のやんちゃな若い者。煙管を足でつまんで渡したり、人の頭にうどんをかけたりとやりたい放題。挙げ句の果てには敵の髭の意休の頭に下駄を載せて、「乞食の閻魔《えんま》さまめ」と馬鹿にする、のだが。

「團、もう少しそっと載せろ」

意休を演じる幸四郎が思わず口を開いた。助六のやんちゃが過ぎて、下駄は幸四郎の頭に叩きつけられたのだ。

「すいやせん、でも型なもんで」

「馬鹿言え、おめえこの前は」

「いやでもオジキ、型なんで」

團十郎は型だ型だと押し問答の一点張りで、変えるつもりは毛頭ない。確かにこの前、團十郎初役の「助六」はこんなことはなかった。下駄は幸四郎演じる意休の頭にちょこんと、型通りに載っていたが——しかし「助六」だ。昔はこうだったと周りがなんと言えども、團十郎が型だと言えば型で通ってしまう。

「いいんじゃない、團ちゃんのやりたいのが一番だよ」

「おう、いいこと言うな」

「でしょー」

菊之丞に背中を押され、「てなわけで、型なんで！」と團十郎はばしんと下駄を載せ直す。幸四郎の意休が下駄を投げ捨て刀に手をかけたので、助六は片肌を脱いで腰を割ってきまった。

「『抜け抜け抜け、抜かねえか！』」

そう見得をしたところは、まさに成田屋の血のなせるわざだ。


「あの野郎、叩きつけやがって……」

その頃、中村座の三階でも芝翫がぼやいていた。三津五郎も向こうで花道の出端《では》の振り付けをさらっている助六を見て、軽くうなずく。

「肝がよっぽど太えんだな、あの助六をこれだけ楽しそうにやれるとはよ。ああ大したもんだ、見上げたもんだ、ご立派ご立派」

「というより、ただやりたかったからじゃ？」

条三郎が口をはさんだ。

「あたしなんかぶるぶるだけど……これで重たい衣裳つけたら、どうなるんだか」

そう言いつつも条三郎の足元はとっくに花魁の高下駄だ。中村座の「助六曲輪菊」の稽古はいつのまにやら始まっていた。勝手にしたためた看板の通り、花川戸助六は尾上菊五郎。揚巻が条三郎、白酒売新兵衛《しんべえ》が三津五郎、意休が芝翫、題は「助六曲輪菊」。菊五郎の図面通りにことが運んだのは、江戸っ子の新しいもの好きが幸いしたか。

「いや驚きやしたね、わしら道具方風情にあの音羽屋さんが頭をお下げなさるたぁ」

稽古場の隅でツケを打っていた道具方の長老・勘蔵《かんぞう》が白の頭をあげて、小道具の蛇の目傘をたたむ菊五郎を見た。どうにか助六をやりてえ、成田屋の助六に負けねえ立派な助六だ、手を貸してくれ……あの俺様気質《かたぎ》の菊五郎が、地に頭をすり付けて頼んできたのだ。義を見てせざるは勇なきなり、勘蔵も若い者もそこまでされて断るわけにはいかない。一番やってみようや、助六の競演を見てみたいわな、そう決まるや勘蔵は中村座の裏方という裏方に指示を飛ばした。どの裏方にも菊五郎がとっくに頼み込みに行っていたから、どこもかしこも任せておけ、成田屋に劣らねえ支度をしてやると胸を叩く。

「今度ばかりは音羽屋さんも、義経公の気分でしょうな」

勘蔵が孫を見るように微笑んだ。条三郎は「そんなら江戸中、菊さんが負けると思ってんのかい」と皮肉に言うと、外を見下ろしている菊五郎の元にゆっくりと寄る。

「あれま、すごい人だかり」

「評判になってんのはありがてえが、みんな題が読めねえでやんの」

菊五郎が肩を落とすのは、心からかどうか。

「すけろくくるわのももよぐさ、だっけ？」

『すけろくくるわぎく』じゃ九字でくの字が三つ。縁起でもねえって唄方《うたかた》の野郎、読みィ変えやがった」

「そりゃ、唄方さんも本気なのさ」

条三郎は菊五郎の顔を覗き込む。菊五郎の助六を称える唄は、半太夫節《はんだゆうぶし》の「曲輪菊」だ。河東節の素人旦那衆にお願いに行って門口から放り出された菊五郎の噂を聞きつけ、江戸一の美声と名高い玄人の江戸半太夫が助太刀を買って出てくれたのである。

「吉原と河岸も引幕《ひきまく》はくれたし、やっぱりみんな菊さんの助六が見たいんだろう？　呑気にしてちゃいらんないよ」

しゃんとしなよ男伊達、と条三郎が後押しするところに、いらぬ横槍が入る。

「引幕しかくれなかった、とも言えるがな」

芝翫の声に稽古場は静まり返った。

「なんだじじい、俺が話つけてきたのにまだ言うのかよ」

「やることに不満はねえが、こんな烏合《うごう》でお不動さまに弓引くのは本当は御免蒙《こうむ》りてえ。桶狭間《おけはざま》はそうそう起きねえんだ」

芝翫の言葉に、条三郎はすましたようでも顔面蒼白――しかし菊五郎は小指で耳を掘る。

「あーあ、耳が詰まるわ。俺ぁなにも成田屋を討とうってんじゃねえや、こいつは喧嘩だぜ！」

菊五郎の言葉は稽古場に広がる。喧嘩？　という空気が、じわじわとざわめきになった。

「向こうが久方ぶりの俺の興行にぶつけて助六の喧嘩売ってきたんだ、こいつは買うっきゃねえ。

そうすりゃ芝居町だって盛り上がらあ、火事と喧嘩はお江戸の華よ！」

菊五郎の助六の名乗りのような大見得に、その気迫に稽古場はまたしーんとなる。

その気詰まりを、「プハハハハハハハ……」と大笑いが破った。三津五郎はそのまま息が詰まるほどに高笑いして、ようやくおさまったかと見えて立ち上がる。

「トンチンカンな言い分すぎるけどな……面白え。音菊、てめえは勝つ気だろうな？」

歳は四十でも、心は十五の喧嘩盛りに戻ったか——その三津五郎に肩を叩かれ、菊五郎はニヤリと笑う。

「べらぼうめ、負けてたまるか。この助六の鉢巻に、いやご贔屓にかけて勝ってやらあ」

菊五郎が指差した江戸紫縮緬の喧嘩鉢巻。魚河岸がくれなかったこいつを贈ってくれたのは、贔屓のお浪だ。

贔屓にかければ意地がかかる。意地がかかれば、江戸っ子の命がかかる。三津五郎は芝翫にツカツカと寄ると、頭を一発こづいた。

「おう加賀屋、不惑越えての喧嘩踊りだ。成田不動に奉納舞と洒落ようか」

その振る舞いに稽古場は凍り、目という目が芝翫に集まった。芝翫は鬢の毛を掻きむしっていたが、不意に首をひねって三津五郎を見上げる。

「……これは嫌がって言うんじゃねえが……永木の」

「ん？」

「金主どのはどうすんだ。ここでどう決まっても、座元どのと金主どのが応と言わにゃあ芝居はできねえだろう」

芝翫の眉間に浮かぶ皺は、どうにか言いくるめようとするものではない。真実案じているとわかるからこそ、三津五郎の返す言葉も消えた。

「おい、菊五。てめえ、金主どのに話はつけたんだろうな?」

芝翫に睨まれて、菊五郎は唾を呑み込んだ。そしてずりずりと後退り冷や汗をかくその姿は、蛇が見込んだ青蛙同然。

「……座元のおっさんは、許してくれたんだが……」

「そうか。……おう永木の、こりゃお釈迦だわ」

芝翫の言葉で満座が湿る、その時だった。

「いいですよ、おやりなさい」

段梯子を登ってきたのは、黒の袷《あわせ》に身を包んだひとりの男。帯は天鵞絨《びろうど》の金地に虎の刺繡、羽織はおかいこに金糸銀糸の縫い取り。馬手《めて》につまんだ銀延べ煙管は、蛇の紋様が彫り込んである。

「……今さんか!」

いの一番に菊五郎が叫んだ。

「今助どのが、なんでまた中村座《こ こ》に……?」

三津五郎は呆気にとられ、開いた口が塞《ふさ》がらない。玉川座の金主・大久保今助からすれば、中村座は商売敵《がたき》も同然。出入りに来たのか、敵に塩を送りに来たのか。

「この今助が許しました、音羽屋さん。助六、どうぞおやんなさい」

「……今助どの、貴方様がお許しでもうちの金主どのが頷かにゃあ……なあ、永木の」

芝翫が首をひねれば、三津五郎も戸惑い混じりに頷く。折しも小屋の外から鶯《うぐいす》の声が響き、今助はほうと煙を吹いた。

「ご心配には及びません、これをご覧あれ」

懐から出された紙を受け取って、芝翫は眼鏡片手に眺める。そうして、絶句した。三津五郎がその手からひったくり、部屋中に轟くように読み上げる。

「なになに……此度仔細あって堺町《さかいちょう》中村座の金主の任を離れ候《そうろう》。ついてはその役、水戸の家人大久保今助を以て相続せしむべきこと……相続せしむべきこと⁉」

「左様——今日只今よりこの今助、中村座と玉川座の金主を兼任いたす」

そのひと言に皆がざわめき、鶯の声は彼方に隠れてしまった。江戸三座のうち二座の金主を兼ねるなど、まさしく前代未聞——壁際で小さくなっていた勘蔵翁は途端に今助に詰め寄った。

「今助先生、よろしいんですかえ？　わしも長いこと芝居町におりやすが、そんなこたぁ……」

「ご意見でもおありですか、大道具」

「いや、よくはわかりやせんがね……二つの小屋の金主をまとめて引き受けりゃ、せっかくの三座の競い合いが八百長になりゃあしやせんか？」

中村座でも玉川座でも、芝居の儲けがもっとも入るのは金主の懐。懐が倍に潤《うるお》うならば、今助ほどの侍も山吹の色香にくらむというもの——その懸念をぽんと示しただけだが、菊五郎はじめ役者連の注目は勘蔵へ。

しかし、今助は凄いまでに白い顔をゆるめて微笑んだ。

「私も下に見られたものだ……大道具、あなたに案じていただくまでもない。芝居小屋の競争が八百長ともなれば、客も実入りも離れましょう。そうなれば首をくくるも同然、そんな野暮なことはいたしません」

鶯の谷渡りが遠くに響き、かすかに風に乗って入ってきた。

「前例がないとは承知の上。信ずるところのためならば獣道とて踏み開く、それが侍でございます。……いや、人たるもの皆そうでしょうな、音羽屋さん」

今助は窓の外に煙草の灰を落とし、煙管を帯に差して菊五郎の前に膝をつく。

「成田屋さんのものでも遠慮はいりません、後の始末はこの今助がつけて進ぜます。どうぞやりたいように、好きなようにおやりなさい――よろしいですね、座頭？」

座頭と呼びかけられて、芝翫はしばしあってハァと息をついた。

「今助どのまで尻押したあ……菊五、てめえは随分冥加なやつだな」

「そう悪人ぶることはありませんでしょうに。座頭あっての音羽屋さん、この一座でございましょう？」

「……意休の役だから、悪人づらなんでござえやすよ!!」

照れを隠すように叫んだ芝翫のどら声に、それまでじっと固まっていた条三郎が「おじさん！」と駆け寄った。それを口火に稽古場は喧嘩だ喧嘩だと沸き立つ。勘蔵も菊五郎に近づき、裏の仕事は任せろと手を打った。その喧騒をかわすように、今助は段梯子を消えていく。沸き立つ連中のうち、気づく者はひとりとしてなかった。

「そ、そんじゃよ！　ついでに頼みがあんだけど」

さっきまで神妙だった菊五郎がその場にあわてて膝をついて尋ねるものだから、芝翫も何の気なしに「どうした」と返してしまう。

「実は曾我兄弟っての、なくしていいか？」

「おめえなぁ……またしきたりを消すってのか」

芝翫も戸惑いに呆れを隠せない。実は曾我兄弟というのは、成田屋の「助六所縁江戸櫻」で最も重要な設定のしきたりだ。曾我兄弟は江戸っ子に大人気の鎌倉武士。花川戸助六は弟の曾我五郎、白酒売新兵衛は兄の十郎だとするのが「おきまりのしきたり」である。それを動かさずに務めることこそ市川宗家團十郎の務めなのだが、今中村座で稽古している芝居は菊五郎の「助六曲輪菊」。

「いいじゃねえか、どうせ御見物は男前な俺を見にくるんだし」

菊五郎の助六の粋な姿を堪能しに来る客には確かに過剰な設定など邪魔になる。同じ理屈から菊五郎はとっくに、終盤で助六が紙衣《かみこ》という藤色と黒の小袖に着替える演出を無くしてしまった。藤色なんて京の都みてえで野暮ってえ、杏葉菊《ぎようようぎく》五つ紋に紅裏の黒紋付でハナから幕切れの引込みまで通す方がずっと粋だというのだ。

「……てめえの言うことも分からねえでもねえが、曾我なし紙衣なしでも助六か？」

芝翫が眉間に皺を寄せて尋ねれば、菊五郎はふんぞり返る。

「おう、俺がやるんだからな！」

これに稽古場がどっと沸く。

「それに、古式ゆかしい助六が見たけりゃ成田屋に行けって話よ。こちとら新しい助六だ、これくれえ変えねえと喧嘩にならねえや」

その言葉に芝翫もうなり、今助の言葉を思い出す。

「菊五、それがてめえの信ずるところか？」

「あたぼうよ」

「……ええもう、こうなりゃとことんやってやろうじゃねえか！」

腹の据わったその場の皆を巻き込んで、菊五郎がどんどん新たなご趣向を喋り出す。「助六曲輪菊」が出来上がっていく。

「ほんと立役って馬鹿。……ヤケのヤンパチだよ」

条三郎は破顔して、鯉の滝登り柄の揚巻の帯を手に取った。


團菊《だんきく》のとんだ喧嘩に江戸っ子という江戸っ子が巻き込まれ、さながら天下分け目の関ヶ原の様相を呈したころには菊五郎の中村座に「三日初日」の幟《のぼり》がはためいていた。読売は團菊の競演と今助の二座金主就任を異例の両面刷りで報じ、明日を初日に控え舞台では総稽古。芝居町には助六の音楽である「すががき」やら「月じゃ月じゃ」に「曲輪菊」があふれる。こうなると芝居町を越えて隣の日本橋魚河岸や浜町あたりにも聞こえてくるようで、ここ呉服屋の松風屋でもひとり娘のお浪がそわそわ。もっとも彼女の場合、聞こえようが聞こえまいが「菊さま」の芝居が近づくと恋煩《わずら》いのざまなのだが——今日も今日とて、店先で緋鹿子《ひがのこ》の布切れを選んでいる上客を放ってその隣で上の空だ。

「伝八、どっちがいいかしら」

「お嬢さま……どうせおらが答えても、まだ考えるんだんべ」

「だって、一生に一度の名披露目だもん」

黒地に流水の振袖に伝八という供の者。杏葉牡丹のかんざしも似合うのは、あの札差の娘・お杏である。

「あら、名披露目ですか？　踊りかしら、それともお三味線？」

これも客への愛想と、ふっと聞いてみる。

「お三味よ、『助六』の！」

お杏は期待を爆《は》ぜさせて、緋鹿子をひとつ帯に挟み込んだ。文庫を大ぶりに結んだ金地の帯によく映えて、「助六」の舞台に立つにはぴったりだろう。

「成田屋の芝居に出るの、贔屓として変な格好じゃいけないでしょう？」

お杏はやや世間に疎《うと》い。札差の娘に生まれて乳母日傘《おんばひがさ》、自分が「成田屋が好き」といえば周りも「へえへえ、成田屋はようがすねえ」と答える生まれ——己《おのれ》のひと言で、お浪のまなじりがぴくりと吊り上がったことに気づいていない。

「成田屋さんの助六……それより、中村座の方がいい助六ですけどね、きっと」

お浪は少しだけ反撃に出た。一応お客と店の間柄ではあるのだから、これでもできる限り強く言っている。

「中村座って、菊五郎？　あんな助六見るまでもないわよ、ナヨナヨするのがオチでしょ」

――こいつ音羽屋の贔屓だ、そうお杏も直感した。男も女もこなせる菊五郎は、成田屋贔屓からすれば男らしくないだけ。役者と役者に喧嘩があるなら、贔屓と贔屓の間にも達引《たてひき》がある。このふたりには、まさしく惚れた男を立てねばならぬという女の意気地が花いくさ。

「ナヨナヨなんてしません、菊さまはかっこいいんだから」

「どうせ細い助六よ、それより成田屋のがよっぽど男伊達」

「菊さまだって男伊達です！　粂さまの揚巻と痴話喧嘩するとこなんて、絶対いちゃいちゃしてくれてあたし死んじゃう」

「死んじゃえば？　成田屋の助六はいちゃいちゃするとき、少し照れながら揚巻抱くの。それもあたしが贈った角帯をほどいてくれるの！」

「あ、あたしだって菊さまに鉢巻とふんどし贈ったもん！」

菊五郎に鉢巻と一緒に「舞台で締めてください」と書き添えて、六尺の赤縮緬を二本渡していたお浪。うっかり零《こぼ》して、その顔は縮緬よりもかあっと赤くなった。お杏は思わず吹きだし、どうにか息を整える。

「こんな助平娘が推してるなんて、菊五郎もたかがしれてるわね」

「な……成田屋なんて、型をなぞってるだけよ！」

「変な工夫ばっかり入れるどこかの役者よりマシでしょ⁉」

ふたりともすっくと立ち上がり、恋の一念岩をも通すかのような言い争い。足元の緋鹿子の箱が踏まれそうになり、伝八が慌ててどかして割って入る。

「まま、お嬢さまも、お娘《むす》も、やめたがよかんべよ」

「邪魔しないでください！」

「いやどっちが勝っても負けても芝居小屋の恥だんべ、やめれやめれ」

「伝八、あんたも成田屋の贔屓よね？」

「菊さまですよね⁉」

仲裁もうまくはたらかず、かえって巻き込まれた。伝八は心の中でボヤキだ。

（ま、またこれだべか……！　おら、まだ訛《なま》りも抜けねえに、贔屓がいるはずなかんべ。成田屋も菊五郎も見たこたねえでよ、おらの助六は村芝居でとっさまがやったやつだべ）


中村座「助六曲輪菊」の幕は三月三日に開いた。それに遅れること二日、玉川座「助六所縁江戸櫻」は五日が初日となった。当のお杏が着付けを決めるのに二日かかったがため、ご贔屓筋には敵《かな》わないという事情を知っているのは芝居界の者だけだ。何はともあれ、両座ともに贔屓筋からの幟がはためき、木戸の入口には酒樽がどんどんと蒸籠《せいろ》のように積み上げられた。江戸の芝居が始まって以来、一度たりともなかった助六と助六の大喧嘩だ。「助六ががっぷり四つの大相撲水の入るまで日の暮れるまで」と戯歌が流行り、江戸中が日暮れて芝居がはねるのを惜しんだという。後の世に江戸の芝居の華吹雪と称される絢爛《けんらん》豪華な競演は、ここに幕が開いたのである。

それから二十日あまりが経った。札差・大口屋の奉公人の伝八は運悪くもお杏の名披露目初日に風邪をひき、ようやく治ったので旦那の温情で休みをいただいて玉川座に駆けつけた。今日もお杏は河東節の三味線を弾くために楽屋に入り、團十郎と話に花を咲かせているはずだ。いつぞやお杏が無理なお願いに上がった日は、お供はしても小屋には入れてもらえなかった。しかし今日はれっきとした客、おらもひょっとしたら成田屋どんに会えるかもしれんべと思って伝八が木戸をくぐると、舞台には一面の春の土手の大道具が広がっていた。

（……おら、目が悪うなっただか？）

伝八も「助六」の舞台が朱塗りの豪華な見世先というのは知っている。しかしどう見てもただの土手っぺりだ、そのうえ舞台では子役が鼻を啜《すす》って茶店の女将にかんでもらっている。流石に不思議に思って一度外に出た。ここは玉川座だろうか、他の小屋に間違えて入ったのではないか。そう思って看板を見ると、玉川座とは書いてあるが芝居の題が違う。

「なんだべ……おそめ・ひさまつ。うきな、の、よみうり……？」

伝八が目を白黒させていると、幕間《まくあい》になったのか木戸口から大勢の客がどっと出てきた。その大群に紛れて、楽屋口の方から黒振袖がひとり歩いてくる。人波に揉まれながら伝八が息切れしていると、「伝八？」と声をかけてきた。

「お嬢さま、こりゃなんだべか。助とも六とも書いちゃねえだよ」

言われてお杏は目をぱちぱちとしばたたき、両のまなこが途端に潤《うる》む。

「成田屋の助六なら、昨日で打ち止めよ！」

お杏が中村座の方を睨んだので、伝八も見る。するとそこには大行列だ。行列の最後尾には「これまでお立見　これより札止めに御座候」と張り出してある。ちょうど向こうも幕間のようで、一階の平土間で見物していた並の客が芝居茶屋の若い者にさばかれてぞろぞろと出てきた。その中に呉服屋・松風屋のお浪を見つけると、お杏は緋鹿子を握りしめて爪が手のひらに食い込まんばかり。お浪もそれに気づいたか、ぺろっと舌を出すとすぐさま黄八丈の袂で顔を隠し、逃げ去っていった。

「なあるほど、それで成田屋どんは芝居を変えただだな」

うんうん、と伝八が頷いている横を下駄の音も荒く、お杏は足速に帰ってしまった。その通った道には、ちらほら水のたれた跡があった。


「ま、こういう時もあらあな、ツキがねえだけよ」

南北は愛用の煙管で一服した。作者部屋であぐらをかいている向かいには、團十郎が真俯《まうつむ》けに倒れている。おめえが下手だったわけじゃねえとまなじりの皺が言っているが、團十郎はうじうじと畳の目を数えては嘆息だ。

「……あいつのケレンに負けた」

歳では菊五郎より若くとも、藝では劣らぬどころかまさっている自負のある團十郎だ。まともに考えれば助六で負けるはずがない。それでも負けたのは、菊五郎が自分をカッコよく見せようとあれこれ工夫してケレンを――奇抜な芝居を演《や》ったためだと世間の噂。

「……俺もやるべきだった」

「馬鹿言え。ありゃあ菊の野郎だからできんだ、成田不動の総本山が助六で変な工夫してどうする。他の芝居ならともかく、おめえにゃまっとうな助六の型を伝える仕事があらあ」

「なら型のせいだな」

團十郎は大の字になり、やけっぱちに笑い飛ばす。家に伝わる型の通りやったら、客が離れた――言うのは勝手だと、南北はあご髭を撫ぜて見下ろした。

「そうさな、型が悪かったたな」

「だろ?」

「……おめえの助六は、この前に初役でやった時とだいぶ違う型だった。俺っちも長いこと芝居町にいるけどよ、これほどぶったまげたのはいつぶりかねえ」

南北の静かな態度に、團十郎は向き直って寝っ転がったまま固まった。

「……先生?」

「わからねえか?　でかくなったもんだな、あの小僧がよ」

煙管をつまんで、火をつける。

「図体だけじゃねえ。なんでもかんでも型だ型だで押し通した挙句、うまくいかなきゃ型のせいか。人の話も聞きゃしねえでやりてえ放題のくせに、てめえのケツも拭かれねえたあ……それが成田屋か、お不動さまが泣くぜ」

南北の吹いた煙に、團十郎はむせ返った。

「初役の時は、おめえの助六は成田屋の助六、一つ印籠一つ前の粋な助六だったよ。でも今度は違ったな、ただの伝法な市川團十郎を観にくる御見物がいるものかえ」

むせがおさまった刹那《せつな》、今度は「うっ」とうめいた。

「成田屋、おめえは七代の伝統を背負《しょ》ってんだろ。そいつはあぐらかいて座るもんじゃねえ、まして芝居町の連中を動かす金でもねえ。團十郎だから偉えなんぞと思うなよ。おめえ自身が偉くならねえと看板に潰されるぜ、エテ公」

團十郎はがばと跳ね起き、正座で冷や汗に身を包む。

「いいか、型をやらせりゃ江戸でおめえに敵《かな》う役者はいねえんだ。それでも天狗になりゃ、菊の野郎みてえな創意工夫の芝居の天才に負けちまう——その鼻っ柱へし折ってまずは型の天才に戻れ。そうすりゃ芝居の工夫をこしらえる力も湧いてきて、菊に負けることもありゃしねえよ」

「……先生」

「……ってのを、おめえが助六助六言い出した時に言っときゃよかったなぁ」

悪かったと片手で拝む南北に、團十郎は土下座して返す。

「先生は何も悪くねえ……ちくしょうめ」

贔屓筋の頼みだと言い張って、この團十郎なら無理も通るとうぬぼれた。そんな根性で、役者の大看板になれるものか——穴があったら飛び込んでしまいそうだ。

「よし、そんじゃあ濱屋も呼んでねぎらい酒といくか若造。おめえの助六にも型通り見事なとこがあったさ、揚巻にうんと褒《ほ》めてもらえ」

南北は中二階の菊之丞のもとへ行く、その背中を見送ったのかいないのか。あとにはひとり助六が、人の股でもくぐるかのようにぺしゃんと潰れて、酒も飲まぬままに赤ら顔になっていた。


そこかしこの芝居茶屋に提灯がつき、助六を見てきた客の目にはまるで吉原絵巻の続きのように見える。芝居がはねて客も帰り、人通りも減ったころに中村座の楽屋口から出てきたふたり連れは、板の上では恋仲だ。

「ほんと、菊さんはすごいねえ！　成田屋さんの助六を狂言差し替えまで追い詰めちゃったんだもの」

条三郎はうっかりと人目を憚《はばか》らず興奮し、衿の乱れにも気づかないでまだまだ続ける。

「あたしが目の前で見てても惚れ惚れするよ、平土間にいたお浪ちゃんなんか口あんぐりさ。もっともあたしらの濡れ場じゃ前のめりも前のめりだったけど……菊さん？」

寡黙になっていた菊五郎は、ゆっくり口を開く。

「条、こりゃ工夫のハッタリよ。曾我をやめるだの紙衣を消すだの、この菊五郎をしっかり男前に見せたから向こうの贔屓まで興味津々で来ただけだ」

「なに言うんだい、ご謙遜ご謙遜！」

条三郎には菊五郎が遠慮する意味がわからない。男前の音羽屋の助六、大いに結構じゃないか、勝ってるよと言いかけたが菊五郎にかぶせられた。

「そりゃ俺は男前だぜ、どうしてこんなにいい男なのか自分でもわからねえ。でもよ、御見物の噂じゃ成田屋の型通りの助六は大したもんだとよ。最初の花道の出端の振りの形、片肌脱いで腰割ったきまり、幕切れの引っ込みの踏み出しの大見得……」

俺ももっと、型を勉強しねえと——天に向かって小さくも芯のある声で、菊五郎は言った。中村座の屋根の上、「尾上菊五郎」の名題看板はついに「市川團十郎」と同じ大きさに作り直されたが、菊五郎は納得がいかない。型も何もなく創意工夫だけ、今の菊五郎の実力では團十郎の真価には到底及ばないと思っている。

「あいつが本気に戻って芝居の型をやれば、それだけで俺なんざ霞んじまう。まして工夫でもされてみろ。みんなやりたがってそれが新しい型になるくれえにすげえやつなんだ、あいつは」

菊五郎らしからぬ神妙さに、粂三郎が微笑んだその時。

「音羽屋さん、あの言伝《ことづて》は何事ですか」

楽屋口から絹ずれもあざやかに忍んできたのは、今助だ。珍客の到来に粂三郎は慌てて唇をきゅっと結んで凜としてみせたが、菊五郎は来客を知っていた様子。

「お、今さん……すまねえ。俺も型を身につけて、成田屋と張り合いてえのさ。そのためにゃ、江戸にいちゃどうしたってあいつと喧嘩になるから」

「それで大坂上りですか……致し方ありませんな」

その代わり、戻ったらきっちり稼いでくださいよ——今助が顔をあげると、寝耳に水の粂三郎の向こうに若い男がふたり、赤ら顔の酩酊老人がひとり。

「おや、南北先生」

「……成田屋に菊之丞、それにおやっさん⁉」

「あれま、今助どん……音羽屋と粂じゃねえか、助六と揚巻が呑気なもんだな」

菊五郎の叫びに南北がすぐ返す。

「い、今の、聞いたか……⁉」

「何をだ？」

菊五郎は真面目な自分を見られるのが苦手だ。酒も手伝い團十郎には何も聞こえていなかった
──これ幸い、「へへ……」と衿を直し、團十郎の大きな目をしっかと見たら、つい。

「お務めご苦労さん、どうだ俺の助六は。てめえよりよっぽど色男だろ！」

「ああ、色事師だ」

團十郎がういとひとつおくびをついた。それが菊五郎には、おちょくられたように見えたのか。

「……んだとてめえ、濡れ場しかできねえとでも言いてえのか⁉」

「ち、違うよ菊さん、たぶん褒めてる！」

「そ、そうでしょ團ちゃん、褒め言葉でしょ‼」

粂三郎と菊之丞が慌てて割って入るが、團十郎はどこ吹く風。

「ああ、褒めてる、褒めてる……」

「うるっせえ皮肉野郎!!」

思わずぱっと胸ぐらを取れば、團十郎も流石に気に障ったか自慢の目玉で睨みつける。

「なんだ、どぶ鼠か？」

「なにがどぶ鼠だ、てめえなんざどぶ板野郎じゃねえか!!」

「おいチュウ公、かじるなら大根にしろ」

「大根ってのはてめえのことだろ、ふろふきで食っちまうぞこのたれ味噌野郎のダシガラ野郎!!」

菊五郎が團十郎の胸板を突き放すやいなや、あれよあれよと言う間にふたりの助六の大喧嘩が芝居町のど真ん中で始まってしまった。ふたりの揚巻が止めにかかるが、止まるわけがない。

「ほっとけほっとけ、どうせ醒《さ》めりゃ気が済むこった。おうおめえら、顔だけは殴るんじゃねえぞー」

南北は團菊を倅のように見てきたから、こんな喧嘩もしょっちゅうだ。一晩経てばまたいつものように稽古に汗を流しあうふたりだから、放っておける。

「呑気なものですな」

今助は呆れたように、喧嘩を遠巻きに眺めた。

「そりゃな。顔さえ傷がつかにゃあ、ほっとくさ」

「――顔が無事なら、こちらも商売になりますのでね。……南北先生、あのふたりをどんどん競演させてくださいませ」

「ああいいぜ、共演な……商売といやあおめえさん、相当レコがへえったんじゃねえかい？」

南北は親指と人差し指で輪を作って見せる。今助は一瞥《いちべつ》して、にやりと微笑んだ。

「まあ……世の中、金ですからな」

「そうさな、先立つものがねえとこいつらに呑ませてもやれねえよ」

どうだい今助どん、今日くれえおまえさんも——と言おうとすると、今助の姿はすでにない。

團菊の喧嘩は激しさを増し、今や見物ができている。その輪に弾かれて、粂三郎と菊之丞は女のようにおろおろするばかりだ。

——南北、ひとつ思いついた。

助六と助六、今度は共演で「喧嘩助六」の趣向はどうか。杏葉牡丹と杏葉菊の乱れ咲き、競演と同じく江戸の名物になるだろう。助六が助六に喧嘩をふっかけ、揚巻と揚巻が心配げに……こりゃあいい。ふたりが一座に揃ったら書いてやろう、そう考えながら「花魁方、今宵は酒と討死いたそうか」とふたりの揚巻を連れてその場を後にした。

しかし南北の目論見《もくろみ》もよそに、このの ち足かけ三年半ほど團十郎と菊五郎は仲違いを続け、同じ板の上で揃って共演することはなかった。

ためつすがめつ

「せやから、あんまり無茶な話やったんや！」

大吉《だいきち》は冷や酒をあおり、秋茄子の香の物を一切れ口に放り込んだ。店の中には良い香りの煙がたちこめ、何人もの客が今か今かと蒲焼《かばやき》を待っているから仲秋とはいえ蒸し暑い中村・玉川両座の金主《きんしゅ》・大久保今助《おおくぼいますけ》の考案した鰻丼《うなどん》が江戸っ子を片っ端から虜にしたとみえて通年の大繁盛、しかし当の今助は水戸の自邸に引っ込んで芝居町には我関せずだ。菊五郎《きくごろう》が大坂へ上り、他の看板役者も揃って京坂名古屋に散ってしまったので、儲けが少なくてやる気が出ないらしい。

そんなだから、芝居の興行もてんやわんや——京坂一の上方役者・中村《なかむら》大吉を客演に招いた興行の打ち上げだというのに、大吉の隣の男は伏し目がちに手酌だ。髷《まげ》を鎌輪《かまわ》ぬの手拭いで隠したその顔からは、ほのかに鬢《びん》付け油の香りが漂っては鰻の香ばしさにかき消えていく。あまり鬱々したその呑みぶりに、大吉は呆れて徳利から酌をしてやった。

「ま、成田《なりた》屋はんに言うてもしょもないんやけどな」

「……けど、俺のせいなんで……」

そう応えて盃をほした拍子に、男の立派な目が見えた。その目に気づく客も幾人かはいようが、一応今日の市川團十郎《いちかわだんじゅうろう》はお忍びである。大吉主演の玉川《たまがわ》座夏芝居「菅原伝授手習鑑《すがわらでんじゅてならいかがみ》」の打ち上げに、出てすらいない團十郎が呼ばれたのにはわけがある。

「何を言うてんねん。結句これは先生が間違うたんや、助っ人ならわてやのうておまはんを呼ぶべきやったに」

先生――鶴屋《つるや》南北《なんぼく》の判断が鈍ったのも、さもありなんというほどの暑い夏であった。昨年の助六騒動に引き続き南北は今年も玉川座勤めだが、そこに重なった役者大勢の江戸離れ。おまけに團十郎も大吉も他の芝居小屋に取られてしまい、なんのことはない玉川座はいわゆる無人芝居になりはてた。おかげで新年から夏に至るまで客入りも地を這うごとく、このままでは今助が水戸から戻った暁になんと言い訳ができよう。

そこで起死回生の一手とばかりに南北が思いついたのが、客演主演を頼んでの傑作「菅原」だ。

「そこまではええ、そこまではええ思いつきや。せやけどな、あのごっつい松王《まつおう》やで。このかわい女形《おやま》の大吉さんにやらすのは、無理や」

「菅原」の主役はご存知菅原道真公と、道真に恩ある偉丈夫の舎人《とねり》・松王丸《まつおうまる》のふたり。かたや大吉は華奢な女形である。百歩譲って道真はできても、松王はできない――なにせあの幸四郎《こうしろう》や芝翫《かん》が得意とするような大男の役だ。無茶が災いして「菅原」は木戸銭を値下げしても客が入らず、本日を以て早々に打ち止め。その打ち上げの愚痴の相手に、團十郎は呼ばれたというわけだ。

「女形が大男をやるっちゅう触れ込みで、大入りが取れるもんかいな！　そんなに御見物は甘くないで、先生はそれもわからんくらいにぼけよったんか……」

「ぼけてはいねえはずでさあ」

大吉が盃をコトリと置いた手を、團十郎は真顔で見据えた。

「……なんやて?」

「……先生のせいじゃねえ、俺の責めなんで」

團十郎がかぶった手拭いに、耳の形の汗染みができていく。その神妙なありさまに、大吉は己が大岡越前守になったように思えてならない。

「……なんぞ、あったんやな?」

團十郎の口はぴくりとも動かない、ならば湿らせねばなるまいと徳利をつかめば――

「――あかん、おつもりや」

おーい、と大吉は空徳利を振って店の若い者を呼び、「あんちゃんええか、冷や酒片口でな。それに蒲焼や、あとはこの蒲焼酢合せってなんやおもろいな、もらおか、成田屋はん鰻丼も食うやろ? 若いんやから食わな……」と延々早口、つらつらと注文を読み上げる。團十郎が慌てて止めようとしても、止まらない。

「わてのおごりや、心配御無用や! この中村越前守大吉のお白洲やで、みんな言うまで吟味は止まらんでえ~」

名残の蝉の声よりかしましく、大吉の笑い声が響いた。

夏の暑さもようやく過ぎ去り、これから芝居は真っ盛り……だというのに、玉川座の作者部屋で鶴屋南北は枕も使わずに昼寝をしている。頭にチリがつこうと、「ゴマのつむりにホコリがついて目立つかえ」と悠々だ。なにせ夏芝居「菅原」をちょうど昨日に打ち止めて、一座の連中には休みを取らせてしまった。それに秋芝居に向けての執筆も進まない、無人芝居では書く気も起きない。儲けが出ないのも仕方ないこと、今助は江戸にいないのだから構うものかと中天高いお天道様をよけての午睡《ごすい》。

——そのまどろみは、やかましい西なまりが断ち割った。

「先生おりまっか！　南北先生！」

障子がぱあんと勢いよく開き、すぎてちょっと閉まる。

「なんだなんだなんだ大吉つぁんか!?」

南北はあまり大吉を得意としていない。当人の前でではないが、「野暮が雷様に化けたようなもんだ」とまで言ったことがある。しかし苦手なのはそのうるささ、厚かましさだけで、芝居の腕はこの上なく信用している——だから助っ人に呼んだのだ。

「実はかくかくしかじかでな、また『菅原』をやりたいんや」

「かくかくしかじかじゃわからねえぞ、それに『菅原』は散々な目にあったじゃねえか」

わかっとるわい、と大吉は自ら押し入れの座布団を引きずり出す。一枚を放り投げて置き、もう一枚に大あぐらをかくと廊下へ向かって大音声だ。

「成田屋はーん、入って来《き》ぃ！」

これには流石《さすが》の南北もびっくり仰天。大吉に呼ばれて、團十郎が静かに入ってきた——とりあえず小僧に茶を一杯淹《い》れてこいと言いつけ、嫌な予感に痛む頭を押さえた。

「……何か企んでやがんな？」

「いややな先生、企みなんて大袈裟やわ。ただ成田屋はんが松王やりたいっちゅうてな」

大吉に「せやろ？」と水を向けられて、團十郎は無言のまま頭を下げる。南北は煙草入れをまさぐって、刻み煙草を火皿に詰めた。

「なんも言わんちゅうことは、やってもええってことやな？」

「べらぼうめ、呆れてんだ」

煙草盆を引きずり寄せると、團十郎と目が合った。

「成田屋、遅えわ。もう興行は打ち止めたぜ、おめえがハナから引き受けてりゃあまだしもよ……」

「ま、ま、先生。これには深い様子のあること、まあひと通り聞いとくんなはれ――ちゅうやっちゃ」

「ぬぁにが『ちゅうやっちゃ』だ、話ならさっさとしやがれこちとら寝てえんだ」

大吉に対抗するか、南北のべらんめえも止まらない。大吉が「はいな」と座り直せば、外から冷や水売りの声がする。

「いやー、わて先生のこと勘違いしてたみたいやさかい、お詫びしまっさ」

大吉に松王の役が回ってきたのは、南北がぼけたからではなかった。

幸四郎も芝翫も江戸にいない今、松王ができるのは團十郎ただひとり。その骨柄もさりながら、幸四郎の確立した松王の「型」を完璧に演じられるのはこの男をおいて他にない。菊五郎が創意工夫の芝居の天才ならば、團十郎は型を守る芝居の天才——あの「助六」騒動で天狗の鼻をへし折られてからというもの、團十郎は先人の芝居の型を守り通す役者に立ち戻ったのだ。

それをわかっているから、南北はまず團十郎を客演に頼んだ。稽古開始の前に玉川座の作者部屋に呼び出して、幸四郎の型で「菅原」の山場・「寺子屋の場」の松王丸を演《や》らせてみる。もちろん南北の納得のいく仕上がりで、これなら大入り間違いなし。「型を守ることにかけちゃ、菊のやつもおめえにゃ敵《かな》うめえな」と手放しの賛辞を送ったのだが。

「そうよ、次の朝だったたな。こいつのとこの新吉《しんきち》が、『助っ人はお断りする』っつう書付持ってすっ飛んできたのはよ」

團十郎が弟子を遣いによこして断った。何が何だかさっぱりだが、断られては是非がない。他に暇な看板役者を探したら、大吉しかいなかったので苦渋の決断を——というのが、事の真相だ。

「だからな、今更松王やらせろなんてのは通らねえよ」

「そこをなんとか、先生。わてに免じて！」

「わけもねえのにか？」

「わけならあるわい!!」

大吉は堰《せき》を切ったかのように、昨夜の鰻屋での吟味の結果を滔々《とうとう》と喋り出した。

團十郎の頭にずっとこびりついているのは、助六騒動の時の南北の言葉だ。天狗の鼻を折って型の天才に戻れ、そして芝居に工夫をすれば、菊五郎も追いつかない名役者になれる——それはつまり「型の天才」だけでは菊五郎に及ばないかもしれないということ、そう團十郎は考えた。菊五郎は今は大坂にいるが、江戸に帰ってきていざ共演となれば恐ろしい。幸い喧嘩別れをしたままなので当分は顔も見るまいが、死ぬまで喧嘩も続けられまい……

「せやから先生に型のお墨付きもろても、それだけやと納得がいかんのやて。松王っちゅう双六のあがりは幸四郎はんの型の上に己の工夫をかけるんや、型だけでくすぶっとる場合やない〜、て泣きよった。こう見えて泣き上戸やねんな」

それゆえに、團十郎は松王の役を断った。工夫も思いついていないのに、型だけをなぞって時を無駄にすることはない。——ただし、そのお鉢が大吉に回るとは予想だにしていなかったわけだが。

「ちゅうてもな、工夫なんぞひとりでうんうん唸《うな》って考えよっても思いつくもんやない。お稽古しながら思いつくもんやし、なんなら幕が開いて芝居の真っ最中にふっと思いつくもんやろ。せやから先生、やらせたってんか!!」

一気呵成に喋りたて、小僧の盆の上から湯呑みをひったくり茶をがぶ呑みして一息ついた。

「ええ、おめえと話すと五臓六腑《ごぞうろっぷ》が苦しくならあ!」

南北が「おい、茶!」と叫ぶと、小僧は青い顔をしてすっ飛んでいった。茶が来るまでは煙草も呑めぬような息の詰まり具合に、仕方なく火皿に火種だけ起こす。そして團十郎を見ると、まだ固くなって黙りこくっている。

「まあ、大吉つぁんの言うことももっともだが……成田屋、やりてえのか?」

團十郎は頷くでなく首を振るでなく、そのままだ。その口元だけが、かすかに動く。

「……変な工夫でコケたくねえ」

「何言うんや成田屋はん！　そんなんやと、いつまでたっても音羽屋《おとわ》はんとは仲直りできへんで！」

「しなくて結構！」

「……よしんばそうでも、あんた役者として大きゅうなる千載一遇の好機を棒に振るっちゅうんか」

やかましい大吉が声を低めた。江戸に京坂、三都で辛酸を舐《な》めて大看板に上り詰めた中村大吉だ、今ばかりは南北も同じ思いである。

「そうだぜ、成田屋。おめえもそろそろ意地でも工夫のできる役者にならねえとよ、また足元すくわれっぞ」

その言葉に團十郎は、ゆっくりと強張った顔を上げる。

「また、ってのはまさか……」

「そうよ。菊の野郎、今度は大坂で江戸前の型を演じて大評判だとさ。あいつはコケるかどうかなんて考えもしねえ、とにかくやってみにゃ始まらねえんだろな」

團十郎が俯《うつむ》けば、浴衣の衿がじっとりと汗ばむ。そこに茶をもう一杯淹れてきた小僧が障子を開けたので、團十郎は勢いよく振り向いてその湯呑みをぶんどり飲み干した。

「成田屋はん、その意気や！」

立ち上がって部屋を出ていく成田屋の背中に、南北は「三日だぞ、三日待つから工夫をひねってみやがれ」と言った。いや、言いたかった。「三日」と声に出したところで咳き込んだのだ。

「三日で工夫させればええんやな、先生。養生しなはれや？」

「誰の……せいだと……てめえら、揃いも揃って人の茶を……」

仕方がないので大吉の飲み差しの茶で喉を潤《うるお》し、ようやく一息ついて南北は煙管《きせる》に火をつけた。

「堪忍しとくんなはれ……せや、昨日までの役者衆はもうお休みかいな？」

「ああ、でも構わねえよ。また『菅原』なら呼び戻すさ」

「いらへん！　成田屋はんの身勝手やさかい、話に乗ってくれる役者だけよそから集めまっさ。……先生、ところで音羽屋さんの型って何のお役でっしゃろか？」

「さぁな」

南北は一服呑んではぐらかす。なるほど嘘も方便と、大吉は苦笑いで團十郎を追いかけた。


「菅原伝授手習鑑」の「寺子屋の場」、随一の松王の見せ場といえば「首実検」。松王丸が恩ある菅原道真公のために、我が子小太郎《こたろう》を道真の若君菅秀才《かんしゅうさい》の身代わりに殺させてその首を本物と断言する。松王役者が工夫を仕掛けるなら、一も二もなくこの場面だ。

南北に談判してから二日の後、玉川座の三階では團十郎と大吉が手配した役者連が集まり稽古が始まっていた。とはいえ成田屋の自主公演のようなものだから、「寺子屋」上演に相応しい顔ぶれが揃わないのも無理はない。仕方がないので大吉が、小太郎の首を斬る道真の旧臣・武部源《たけべげん》蔵《ぞう》を務めることになった。

「まあ、松王よりは線が細うてもかめへんやろ……成田屋はんけしかけたのはわてや。身から出た錆《さび》やな、女房～」

「いや、しゃんとしてくださいよ？　ぼくと兄さんとで女同士って思われても癪《しゃく》だし」

女房と呼びかけられたのは、源蔵の妻・戸浪《となみ》を演じる瀬川菊之丞《せがわきくのじょう》。助六以来の團十郎の相方で、稽古着も黒地のしじら浴衣で美しい。白地に三升《みます》の首抜き浴衣の團十郎と並べば、たとえ大川の花火の雑踏の中でも目を引くだろう。

「で、團ちゃん……松王の工夫ったって、どうすんのさ。高麗屋《こうらい》のおじさんの型、ものすごく綺麗なんだよ？」

「わかってらあ！」

「見得も科白《せりふ》回しもいじれん、見世物として完璧や。なんも思いつかへんって今朝からえらい騒ぎやで……ま、火事場のクソ力ちゅうのもあるによってな」

大吉が小道具の首桶を持って会話に割り込んだのと、階下へつながる段梯子から墨に染めた髷がぬっと出たのが同時だった。

「お、鰕《えび》、来たか！」

團十郎が「鰕」と呼びかけたこの男こそ、市川鰕十郎《えびじゅうろう》。大坂に生まれ三都で修業、下回りから大看板になった、大吉と同じような経歴の役者だ。今は團十郎の門下となって江戸の水に染まり、己より若い團十郎のご意見番・お目付け番。今回團十郎直々の頼みで務めることになったのは、松王の同僚の敵役・春藤玄蕃《しゅんどうげんば》。

「せっかくの休みに呼びつけるとは、旦那もお人が悪い」

鰕十郎の顔にはしかめの皺《しわ》が入っている。それを見て菊之丞は、「また出たよ、鰕じいさんの臍《へそ》曲がり」と大吉につぶやいた。

「そう言わずに頼むぜ、玄蕃殿」

「得手の役ですからお断りはいたしませんがね。何も旦那が打ち止め芝居をやり直さずとも……」

年中稽古で着ている柿渋色の浴衣の尻をまくって座り込めば、脛《すね》からちらほら毛が見える。菊之丞は呆れてため息をもらす。

「鰕さん、足の毛くらい剃ってきてくださいよ」

「誰も見やしねえ、ぬかすな若造」

鰕十郎は扇子を開いてばさばさとあおいだ。菊之丞がそっぽを向いてうえーっと顔をしかめるのも、どこ吹く風というありさま。頭のゴマの毛を墨染めにしても、爺むさい性根は隠せないらしい。

「まあまあ、稽古しようやないか」

大吉が隣に座り込むと、鰕十郎はその浴衣をジロジロと見回す。

「野暮天が。なんでえそのヒョウタンは、身の毛がよだつわ」

大吉の浴衣は、萌黄《もえぎ》地に白抜きの瓢箪散らし。いかにも上方らしい太閤千成瓢《せんなりひさご》の柄をけなされては、流石に黙ってはいられない。

「アホ！　おまはんやって大坂の生まれやないか、太閤はんの紋所のどこがあかんねん！　そっちこそドブはまったようなもん着くさってからに！」

言い返しても鰕十郎は耳をほじって右から左。大吉から露骨に離れると、團十郎に向かって「とっとと稽古いたしましょう」と促す。これには團十郎もたじたじだ。

「そ、そうしたら、みんな座ってくれ」

「与太は勘弁ですぜ、『寺子屋』なんぞハナから立ちで充分だ」

「いや、科白合わせじゃねえんだ」

鰕十郎の日灼けた顔がゆがんだ。動きをつけた立ち稽古でもなく、かといって科白だけを稽古する科白合わせでもなく、それなのに座れと言う。なんの話だ、その疑いを示すかのようにどっかとあぐらをかいた。隣に菊之丞がスッと正座して、「鰕さん」と切り出した。

「今度の『寺子屋』、團ちゃんが新しいやり方を作ろうとしてる。その工夫を考えるのを、ぼくたちに手伝ってほしいんですって」

「せやせや、今日中に決まらな幕が開けられへんのや。南北先生がそう言うてはった」

大吉も菊之丞の隣に座をしめると、鰕十郎の顔を覗き込んでねちっこく言う。南北の名を出せば、やかましい鰕十郎も引っ込むだろうという算盤《そろばん》はじきだ。

ところが耳を塞《ふさ》ごうとした鰕十郎は、茶けた目を流して呆れている。

「……なんですって、旦那。松王に工夫をなさいますのかい？」

「そうよ」

「……どなたの松王の型を、いじくるおつもりかね」

「幸四郎のオジキのだ」

「冗談じゃねえ、およしなせえ！」

口元の皺がぐっと伸びた。大音声にその刹那、稽古場中がしんとなる。隅にいた下っ端の稲荷《いなり》町《まち》役者たちは、捕手《とりて》の拵《こしら》えのまま十手を手に固まった。鰕十郎の声にではない、成田の山の目に火が見えたからだ。

「……んだと」

「およしなせえ、おやめなせえ」

「……おやめなせえたぁどういうわけだ！」

「そのわけも分からねえなら尚更だ、尚更おやめなせえやし」

團十郎の大きな目玉がかっぱと開き、柿渋色の小汚い浴衣の衿首をとっ摑んだ、その時。

「旦那旦那、お待ちなすってくださいよ」

捕手姿のひとりがふたりの間に割って入った。へへっと笑みを浮かべ、成田不動の申し子とその師匠番の喧嘩にも恐れひとつ見せない――並の役者ではこうはいかない。

「新吉、どかねえか！」

團十郎が吠えたける。この男、名を市川新吉といって團十郎の一番弟子だ。人形町《にんぎょうちょう》の小さな餅屋の倅《せがれ》で、芝居に熱をあげた挙句に成田屋の門を叩いた無鉄砲者。役者の世界に血縁がないので稲荷町からの役者修業だが、二十五にしてその頭《かしら》となりこのままいけば大役を任されるのも遠くないと世間の評判だ。

「ま、ま……そう熱くならねえで、静かに話しやしょ」

この新吉には、火を噴く山など平気の平左。團十郎の拳を鰕十郎の衿から外すと、ぐぐっと押し返した。……しかし、どうしたことか。いつもより成田の拳に力が入っている、ちょいと動かすばかりでも骨だ。

「すっこんでろ、ぶん殴るぞ……」

やはり團十郎は若い。若いだけあって、頭に一度血がのぼるとあとはまっしぐらだ。鰕十郎は摑まれていた衿の合わせを直すと、立ち上がって段梯子を降りていく。

「おい、鰕じい！」

團十郎の拳の動きを封じながら、新吉は叫んだ。それでもふたりの動きは止まらない。新吉の首は左右にきゅっきゅと揺れている。

「……ええい、御免なせえやし！」

言うが早いか團十郎の腹に一発拳をめり込ませ、ぶっ倒れたところを菊之丞に放り投げ、「あとをお願え申しやす！」。

その声は、鰕十郎を追って段梯子の下に消えていった。

「ほんと、とんだ目にあっちゃったよ」

作者部屋に山のように積んである、南北へのとある筋からの豆大福。「一個もらっていい？」

と言っていたはずが、菊之丞はもう三個目を割っている。

「おめえ、よっぽどくたびれたんだな」

「くたびれたの段じゃないって！」

南北は眼鏡を外すと、煙管に火をつけた。手元の巻紙にはでかでかと「菅原伝授手習鑑　ひと幕　寺子屋の段」と書き付けてある。墨の残りと乾かない筆を弟子が持っていこうとするので、

「ああ、まだいい。それよりこいつに茶……」と言いつけた。

「お茶なんていいのに」

菊之丞はそう言いながらも、大福の半分を小さな口に放り込んだ。

「べらぼうめ、見てるだけで甘えんだよ。いいから飲んでけ」

はいはい、とあんこでいっぱいの口が動けば、うまい具合に弟子が茶を二杯淹れて戻ってきた。それを少し飲んで、さっぱりしたとばかりに残りの半分をまた口に入れ、もうひとつ手に取って割る……そんな菊之丞を見て、南北は総身を震わせて茶をぐっと啜《すす》る。菊之丞はむぐむぐと大福を飲み下して、あっと口を開いた。

「そっか、鶴せんせ甘いのダメだっけ」

「新坊の家が持ってきたんじゃ断れねえだろ」

「そう！　その新ちゃんなんだよ！」

ちょうど表で降りだしたのだろうか、ぱらぱらと地を打つ音がし始めた。障子の向こうでがたりと鳴ったのは、雨戸を閉める音のようである。とはいえ中の二人は雨なんぞ気にもせず、新吉

の親父が持ってきた豆大福をはさんで愚痴を吐く者、それを聞く者。

「で、新坊は何つったんだ」

「それがさ、鰕じいさんの理屈も通ってるってんだよ！　信じられる⁉」

菊之丞はようやく大福を置いたと思ったら、南北に詰め寄ってくる。

「いや、おめえら若えのがお目付を毛嫌えすんのも、そりゃわからねえじゃねえが……あいつもてえした役者だ、理が通ることもあらぁな」

「えー、鶴せんせも……？」

置いたはずの大福にまた手が伸びるので、南北も苦笑する。

「そんなら、ジャコエビの言い分ってえのはどんなんだい？」

エビはエビでも小さいながらに出汁が出る、鰕十郎をジャコエビと呼ぶのは南北くらいだ。話して聞かせろ、そう言わんばかりに南北は煙管を煙草盆に引っ掛けた。

「松王は幸四郎のおじさんが極めた型だ、そのままやるのがいっとういいんだ」

菊之丞はしわがれ声をつくるとむせこんで、茶で喉をうるおした。鰕十郎は幸四郎と何度も「寺子屋の場」で共演し、その型を見てきた。「菅原」は元々人形浄瑠璃だからと、幸四郎の松王は人形の演技をなぞっている。太夫《たゆう》の語る義太夫節の内容に一言一句違わず合わせて、立つと語れば立ち上がり座ると語ればその場に座る。物語を素直に演じて作り上げるその型は、まさに見世物として一級品。

「このやり方が一番わかりやすいんだ、それに工夫なんぞ入れたらしっちゃかめっちゃかだろうが、だってさ！」

菊之丞は大福を、今度は丸ごとぺろっといった。これで五個目だ。

「なるほどなあ……それじゃあ、こいつはいらねえかな」

南北は手元の半紙に目を落とした。「寺子屋の場」と書いてあるこの紙は、明日になったら玉川座の木戸口に張り出す看板代わり。その看板も、今日までと言いつけた工夫ができなければただの反故となって厠行きだ。

「やだ、まだ待っててよ！　……こんなの、ぼくは認めないから」

菊之丞が口を真一文字に結ぶ。無理もないかと、南北は大福をずいっと押し出した。そうして文机《ふづくえ》の周りにある本の山のてっぺんから、太い筆致で「菅原　五段」と書かれた分厚い本を手に取る。

「どの辺だ？　成田屋が工夫しようとしたんは」

ざっくり本を開いてぺらぺらとめくれば、「寺子屋の場」の科白が出てくる。これは正本《しょうほん》と言って、狂言作者だけが持っている芝居の完全な台本だ。

「えっとね……『首実検』だから、このへん」

菊之丞が指したのは、大吉演じる武部源蔵が身代わり首の入った首桶を差し出したあと。松王・玄蕃の家来の捕手が源蔵夫婦を取り囲み、緊張が跳ね上がるところだ。墨がここだけ一気に太くなっているのも、書き写した弟子が昂《たかぶ》ってしまったからだろう。張り詰めた空気の中で太夫が早口に地の文を語り、役者は無言で息を詰め、義太夫節の通りに動きを合わせる。そうして松王は無言のまま首を見つめ、ついにひと言叫ぶ――

「ここか」

ここぞ絶体絶命と思ふ内、はや首桶引き寄せ、蓋引き開けた首は小太郎、偽《にせ》と言ふたら一討ちと早《はや》抜きかける、戸浪は祈願、天道様《てんとう》、仏神様《ぶつじん》、憐《あわれ》み給へと女の念力、眼力光らす松王が、ためつ、すがめつ、窺《うかが》ひ見て、「若君菅秀才の首に相違ない」

「……待てよ、あのジャコエビはここも型通りがいいっつうのか」

南北のくすんだ目が光る。筆をとって、正本にすっと線を引いた。

「……鶴せんせ？」

「ここだ、ここはしどころだぜ、気づけばいいが……成田屋はどこ行った」

「大吉兄さんと気晴らしに呑み行ったけど」

「……呆れた野郎だな、おい……」

呼びに行かせようと辺りを見たが弟子も小僧もいない。誰かいないかと南北が障子を開けると、咄嗟《とっさ》に逃げ遅れた輩《やから》が泣き顔をさらしている。

「なんだ新坊か⁉」

「新ちゃん⁉　どっから聞いてたの‼」

姿を見られた新吉は笑うしかない。目元で泣いて、口が笑っている。役者の中でもこれほど器用なやつはめったにいない。

「先生、ありがとうごぜえやす……工夫、考えてくだすったんでしょう」

聞かれていたとは思わなかったから、思わず南北は目を新吉から逸らす。江戸の男だ、こういう野暮にはめっぽう弱い。「なんのことだかな」とはぐらかすが、新吉は拳で目を拭い「旦那呼んでめえりやす！」と矢玉のように駆け出した――しかし矢玉は廊下の角をも曲がらぬうちに止められた。

「いや……えっらい……降りやわ……」

大吉が袖、あるいは髷から水をしたたらせ、矢玉の火を消し止めてしまったのだ。

「兄さん……團ちゃんは？」

「成田屋はんなら、上や、上、どしゃ降りやっちゅうのに、走って、戻ってきたさかい、びしょ濡れ、や、で……」

大吉も濡れながら、息を整えるのに必死である。「やだ、風邪ひいたらどうすんだよ！」と菊之丞が懐中の手拭いを広げて走って行くのも、「旦那が馬鹿だとてえへんだぜ！」と段梯子を駆け上がる新吉の足音も、大吉には馬耳東風。

「おい、大吉っあん……そんなに急いで戻ってきたってこたぁ、よ？」

南北がニヤッと笑えば、大吉も鼻を鳴らして返す。

「幸四郎はんよりも良うなる工夫ならええやないか、義太夫の通りに動いたら間抜けなとこがひとつあるわい……そう言うてましたで。蓋なんて開けてられっかって大騒ぎで駆け上がってなぁ……」

ぶるぶるっと震えて「うう、風呂使わしてもらいまっさ」と消えていく。それを見送って、南北は正本を再び手に取った。

「成田屋、おめえも俺も存外気にしいなのかねぇ……」

義太夫の中で、「蓋引き開けた首は小太郎」、そこに線が引いてある。正本を懐《ふところ》に入れると、三階の稽古場まで段梯子をゆっくり登って行った。


鰕十郎ほどの手練《てだれ》であっても、初日が開くのは怖いものだ。いや、なんなら狂言作者が看板を書き始めるともう平静ではいられない。南北が書いた看板には、「松王丸　團十郎」の隣に「春藤玄蕃　鰕十郎」とはっきり記してある。稽古には結局出ずじまいだが、玄蕃の役は幸四郎の松王と何度務めたか。松王の型に合わせて押しすぎず引きすぎず、塩梅は体が心得ている。旦那と喧嘩になったとはいえ役をおろされない限りは、しっかりと芝居を務める。銭をもらって舞台に立っているからは当然、芝居でおまんまを食って何年になるだろうか。

──それでも、初日はどこか落ち着かない。

「鬼でもいるんじゃねえかね」

ふとつぶやいた。名前が看板に載る名題役者の楽屋で、一番隅が鰕十郎の居所である。ここで淡々と顔を赤く塗り、赤っ面の春藤玄蕃の支度をする。太い眉を墨で描き、口角に墨を入れ、顎ともみあげには青で髭の剃り跡をつくる。顔ができると衣裳の風呂敷をほどく。顔と同じ赤色の股引《ももひき》で脚を赤くし、玉子色の足袋を履き、柿色で大きな袖の独特な衣裳を着て袴をつける。

「ごめんなせえやし、初日おめでとうござんす」

袴の前紐を締めた時、初日の挨拶に新吉が来て礼をした。「ああ、おめでとさん」と鏡越しに見れば、捕手姿で十手を携えたまま新吉は座を立とうとせずにこちらをじろじろ。役とはいえ十手を向けられては、流石にいい気はしない。

「どうした、とっとと旦那に挨拶行かねえか」

「へ、へい、ですが……」

グズグズしている野郎は嫌いだ。江戸っ子ならパッパッと動かねえと野暮だ、己がそのように思うとは大坂にいた時分は見当もつかなかった。袴の股立《ももだち》を取り終えても、新吉はまだそこにいる。

「まだなんぞ用があるのか、この大根の煮崩れ」

つい荒っぽくなってしまうのは初日の鬼のせいか、鬼のようなこの赤い扮装《なり》のせいか。新吉はケッと舌打ちして、團十郎の元へ行った。

「さて、行くかね」

幕開きを知らせる柝《き》の音《おと》が甲高く入る。夜廻りの拍子木と物は同じでも、柝の音の方が数段良い。かつらを掛けて花道の奥へ、鳥屋《とや》へつながる段梯子を降りる。玄蕃の出はひとり花道からだ、待つ時間で役に、安手の敵役になっていく。流石に幸四郎が義太夫通りに突き詰めに突き詰めた型だけはある。とんでもなくやりやすい、おまけに綺麗な絵面《えめん》をつくって御見物を酔わせられる。

旦那がどんなに工夫をしたかろうと、この型に勝るわけがない。それすらも分からないとは甘ちゃんだ、まだまだ目付はやめられねえなぁ……

「鰕さん、出番だよ」

鳥屋番の老爺《ろうや》に声をかけられた。鰕十郎なら「おっと、すまねえ」と返すところだが、玄蕃はジロリとねめつけて「フン」。

「かなわねえなあ、役に入っちまってやがらぁ」

老爺の苦笑も耳に入らず、腰の朱鞘の大小をぐっと押し下げる。

〽かかるところへ春藤玄蕃……

花道から鰕十郎扮する玄蕃が出て、百姓相手に芝居の最中。この時、舞台の裏では松王、源蔵、妻の戸浪が顔を合わせることになる。捕手の新吉も楽屋から走ってきた。

「旦那すいやせん、あのジジイ聞かねえで舞台出ちまった。玄蕃になりきってやがるから、もういけねえよ」

新吉が頭を下げれば、團十郎も松王の重いかつらを掛けた頭で頷く。

「だろうな、お疲れさん」

「新吉はんが案じることもあらへん、なんせ工夫はひとっところだけや。鰕はんは知らんでも、義太夫が止まらへんさかい芝居は続くのや！」

「なんとかなるんじゃないの、あすこは團ちゃんの見せ場だし。それに玄蕃は動きも科白もないでしょ」

菊之丞が手鏡片手に顔を直しつつ言った。大吉は「科白がないのはわてらもやろ」と笑い、よしとばかりに帯を押し下げる。松王は出番とみえて、既にいなくなっていた。


鰕十郎を置き去りにして、芝居の工夫ができている――そんなこととはつゆ知らず、玄蕃は百姓どもをあしらい、松王と合流し、源蔵の営む寺子屋へ入り、若君の首を切って渡せと意地悪く詰め寄った。大吉演じる源蔵が一度引っ込み、「ええい」という気合の声もろともに身代わりの小太郎の首を刎ね、ここで松王は幸四郎直伝の大見得で我が子が死んだ悲しみを隠す……

(よし、よし)

口には出さねど鰕十郎はほくそ笑んだ。どこが工夫だ、旦那も南北先生も諦めたな。それでいいんですぜ、幸四郎の兄さんの型をうまくいじるなんてできますか。

そう思って天狗になるうち、つい口元が緩んだ。おっと、と引き締め、いかにも憎々しい顔をつくる。玄蕃という嫌な男の性格からすれば、別にニヤニヤしていてもいいのかもしれない。しかし笑ってしまえば太夫の語りから外れるし、何より神妙に芝居をしている松王や源蔵の邪魔になる。舞台は絵面になることが何より大切、それを信条にするうえはここは憎らしく、憎らしく――これが幸四郎の隣で磨き上げた玄蕃の型だ。

「家来衆、源蔵夫婦を取り巻きめされ」

松王の一声に「動くな」と新吉はじめ捕手の面々が源蔵夫婦を取り囲む。さあ眼目の首実検、ここを終えれば鰕十郎の出番は終わり。松王はどっしりと座り、首桶の蓋に手をかける。玄蕃は源蔵夫婦をしっかりと睨みつける。御見物から見れば左に源蔵夫婦が神妙に控える、右に玄蕃が目を光らせる、その間で松王がたっぷりと芝居をしてくれる。いい絵だと思われるのが、鰕十郎には冥加《みょうが》というもの。

〽ここぞ絶対絶命と思ふ内

と太夫が語り、満員御礼の御見物が静まり返る。まずは松王が首桶の蓋を取るのが型だ。

〽はや首桶引き寄せ、蓋引き開けた首は小太郎

この太夫の言葉が首桶の蓋を取る合図。ここから先は松王の見せ場、玄蕃は始終源蔵夫婦を睨んでいればいい。

……はずだが。

(……おい、旦那?)

鰕十郎の目は松王に向いてしまった。團十郎は首桶の蓋に手をかけたまま、微動だにしないのだ。何かあったか。蓋が開かねえのか、開けてみたら首が入ってねえのか、それとも芝居を忘れちまったのか……とやこう考えるうちにも容赦なく太夫の語りは進んでいく。

〽偽と言ふたら一討ちと早《は》や抜きかける

大吉の源蔵が刀の柄に手をかけた。團十郎は動かない。

〽戸浪は祈願、天道様、仏神様、憐《あわれ》み給へと女の念力

菊之丞の戸浪が天を拝み、源蔵の横で泣き伏した。團十郎は動かない。

（……何してやがんだ、開けねえか！）

團十郎は動かない。

〽眼力光らす松王が

太夫が松王の芝居を語り始めて、ようやく團十郎の松王は動き始めた。まずは顔を上げ、首桶の蓋を少しだけ持ち上げる。

（いいからとっとと開けやがれ……御見物の目が白黒してんじゃねえか）

鰕十郎の焦りもむなしく、松王が上げた蓋はまた桶と合わさり、閉まった。その右手を拳に握り、口元に寄せ、わざとらしく咳をげほげほとしてみせる。

（コンチクショウ、大根!!）

静寂に耐えかねて、「ああもう」と一声あげ、玄蕃は首桶の蓋を取り払って首を松王に見せつけた。

すると松王はぎょろ目を剝いて、いきなり刀を抜き放つと玄蕃の方へ向けた。それでも玄蕃は一歩も引かない。ほらグズグズすんな、さっさと首を見ろ。てめえがのろいせいで御見物の口はあんぐりじゃねえか。よりにもよって市川團十郎がしくじるたあ……よくも芝居をめちゃくちゃにしてくれやがったな、芋の煮崩れ野郎!!

——そう思っていると、松王の刀が玄蕃に向いたまま中空で止まった。もちろんこれでは、話は何ひとつ進まない。

（その刀納めて、早いとこ首実検しやがれ）

玄蕃の顔がさらに憎らしくゆがむ。もはや満場は啞然としている、そう鰕十郎には思われるほどに、玉川座の客席は静まっている。どう取り返すか、幕を閉めるしかねえのか、どうして俺がこんなこと考えにゃならねえんだ、後で説教だぞクソガキが……

「その手はなんだ！」

御見物の目のみならず、玄蕃の目までが突然の刺すような声にひかれた。源蔵夫婦を取り囲む捕手のうち、あの新吉が源蔵に叫んだのだ。源蔵の右手は刀をわずかに抜いている。大吉はいかにも源蔵らしく、新吉に向ける目も捕手を見るように、無念ながらも諦めたという体で刀を納める。その「ぱちん」という音が、作者部屋の南北の元まで届こうかというばかりに、小屋中に響きわたった。

これに松王は右手に持った刀を大きく回し、源蔵に差し向ける。源蔵はそれを受けて少しばかりのけぞった。そのまま松王は左手を開き、玄蕃の持った首を睨む。

〽ためつ

鰕十郎には、團十郎の黒目がぐっと寄ったのを合図に太夫が語り出したように聞こえた。

〽すがめつ

團十郎の松王は、大きな目玉を光らせてしっかりと我が子の首を見る。

〽窺《うかが》ひ見て

團十郎が首から目を離し、客席に向き直った。鰕十郎はつい息をついてしまいそうになるのを、役者の意地でこらえる。気づけば満場の御見物は松王に呑まれ、唾を呑む音ひとつ聞こえない。

松王はフッと一瞬目を閉じると、低い声で絞り出した。

「若君、菅秀才の首に……相違ない」

鰕十郎が慣れ親しんだ幸四郎の松王なら、大きく叫んで見得をするところだ。それを重く言っても、空気は崩れない。

「相違ござらぬ」

そんな科白は聞いたこともない。しかし松王が玄蕃に向かって言ってきたから、思わず頷いてしまった。それでも唾を呑む客はいない。

「でかした源蔵、よく討った！」

高らかに張り上げて、刀を左手に持ち替えての大見得。張り詰めた空気は、拍手の音に「成田屋！」「日本一！」の雨あられで一気に破れた。快哉を叫ぶ御見物を前に、鰕十郎も詰めていた息をつく。團十郎の新たな工夫が、当たったかどうか……この場にいてわからないやつは、野暮の極みだ。

（なんつう役者でえ……俺がしびれ切らすのも見越して、この工夫かよ！）

旦那の力量を見誤っていたのか、そう思うと眉間《みけん》に皺は寄る、口はキリキリと引き結ばれる、目はますます開く。

「いいぞ、玄蕃！」

よっぽど嫌なツラをしていたのか、後ろの方の御見物から声が飛んだ。

「へえ、そんな工夫ができたのかい。あの成田屋の小僧がねえ」

どうりで役者ぶりが上がったと思ったよ——目元口元に紅をうっすらさした顔で感心したように呑んでいるのは、江戸一番の立女形《たておやま》・岩井半四郎《いわいはんしろう》だ。その向かいで南北は店の若い者と目を合わせて空の徳利を振る。「あいあーい！」と返した若い者は、三年前よりわずかに背丈が伸びた。この鰻屋で三年前、大吉が團十郎を吟味して大岡裁きを気取っていたとは南北も半四郎も知るよしもない。もはやあの「寺子屋」事件から三年、文政六年の春。この間に芝居町では玉川座に代わって市村座《いちむら》が復興、めでたいついでに肴は田螺《たにし》に白魚だ。

しかし、南北は徳利を受け取るとにやりと笑った。

「俵《ひょう》さん、なにさその顔は」

前名の勝俵蔵《かつひょうぞう》からとって俵さん——いまだに南北をその名前で呼ぶのは、半四郎くらいのものだ。だが咎《とが》められても、南北の笑みは増すばかり。

「ちょいと、気持ち悪いよ」

「いやなに……おめえほどの立女形をも騙《だま》すたぁ、成田屋もとんでもねえ芝居しやがったなと思えばよ、ついな……」

南北は笑いが止まらず盃を置いた。その有様に半四郎は、盃をぐっと空けると身を乗り出して南北に詰め寄る。

「人を小馬鹿にするのも大概におし。あたしゃ大吉さんからも鰕さんからも聞いたんだよ、成田屋の工夫が幸四郎の兄さんの型よりも評判になったたって。鰕さんなんて、『旦那はもうおひとりで大丈夫だ』っずいぶん寂しそうでね」

大吉は大坂に戻って錦を飾り、鰕十郎も同行して上方で大役に精を出している。ちょうど大坂の芝居に出ていた半四郎は、ふたりからいきさつを聞いたのだ。しかし、「どうやって工夫できたのか」という肝心要のところはふたりとも教えてくれず、「南北先生に聞かはるのがええで」「その通りさね」の連続。

「もう気になってしょうがないんだよ、教えとくれ。どうしてあの小僧がそんな工夫できたってのさ？」

シナを作って酌をして、半四郎はすり寄った。

「なんでえ、そんなに知りてえか」

「知りたいねえ」

半四郎に見上げられ、南北は口に放り込んだ田螺を酒で呑み込むとひとつ息をついた。半四郎も思わず衿を正し、徳利を置く。

そして南北の唇が、重々しく開いた。

「あれはな……」

「……あれは？」

「……たまたまさね」

「はあ？　……たまたま⁉」

半四郎はひと声あげて、皆目わからないとばかりに固まった。南北は返盃をして、「まあ落ち着けや」と自分も呑む。

「成田屋が元々考えた工夫なんざ、もっと凡庸なもんよ。それが江戸中の評判になったんは……まあ言ってみりゃ、ジャコエビがやらかしたお陰さまだな」

「……あたし馬鹿になったんかね、俵さんの言うことが阿蘭陀《おらんだ》さんの言葉に思えるよ」

目を白黒させる半四郎に、順を追って話してやるからと南北は徳利を押し付ける。

あの初日、南北は作者部屋で漏れる声を聞いていると、なにやら御見物が水を打ったように静まり返ったと思えば、今度はどどどっと沸いた。

「どうも変だとは思ったのよ、成田屋の工夫くれえでこんなに騒ぐかってな」

團十郎が工夫した場所は、南北が正本に線を引いたところと同じだった。「はや首桶引き寄せ、蓋引き開けた首は小太郎」——幸四郎の型は義太夫の語る通りに松王が動き、ここで首桶の蓋を外して我が子の生首と対面する。そこから源蔵が身構え、戸浪が祈り、松王自身がとっくと首を検分し、ようやく「若君菅秀才の首に相違ない」……

「あの野郎、俺の顔見るやいなや吠えやがった。おかげでこちとら段梯子から転げ落ちるとこだったぜ」

——長すぎんだろ!!

篠突く雨をも顧《かえり》みず駆け戻ってきたせいでずぶ濡れになり、菊之丞と新吉が焦って褌一丁にして体を拭く——そんな我が身もどこ吹く風、あの時の團十郎は工夫を思いついた衝撃で満ちていた。

我が子の生首をいつまでも泣かずに眺めていられるものか。確かに義太夫通りなら、「蓋引き開けた」の語りで首桶の蓋をとるべきだ。しかし、松王の心持ちを考えれば到底こんな早くに蓋は取れない……その言い分はもっともすぎたし、南北も同じところが気になっていた。これ幸い、ここぞ工夫のしどころと知恵を絞り、「眼力光らす松王が」と語る時に蓋を外しかねて咳き込み、腹をくくってようやく外すという芝居にしようと話がまとまる。

「なんだ、その芝居だって悪くないねえ……でも、初日はそんなやり方じゃなかったんだろ？」

「そうよ、つくづくジャコエビが稽古にいなかったせいさね」

災いしたと言おうか、天の采配と言おうか――鰕十郎は、初日の舞台の上で初めてその工夫を見た。初めて見れば、工夫とは思えない。旦那がしくじりやがった、そういくら思っても芝居は止まってくれない……仕方なく手練ぶりの無駄遣い、お目付役として團十郎の尻拭いとばかりにどうにかこうにか芝居の本流に引き戻そうとする。とどのつまり、團十郎の松王が咳き込んだところで辛抱たまらず首桶の蓋を外して、松王に突きつけた。これでは團十郎の工夫は死んだも同然――

「そうしたらよ、成田屋も短気なもんだ。頭にカーッと血が上っちまったんだと」

南北がその晩に役者連を集めて仔細を聞けば、なんと玄蕃が勝手に蓋を取ったのに腹を立て、團十郎は切れない小道具の刀で鰕十郎を切ろうとしたのだという。

「あれま、なんて小僧だ……でも、その刀どうしたんだい？　抜いちまったからには、松王が使わなきゃいけないじゃないかさ」

「ああ、そこまで知恵が回るほど成田屋も賢かねえや。うまいこと助け舟出したんは、もうひとりの手練よ」

あの時、大吉は源蔵の芝居をしたままわざと刀の鯉口を切った。すると捕手役の新吉が目ざとく気づき、狙いを読んで「その手はなんだ！」。松王が見たところで、音を立てて刀を納める。

「ああ、こっちに向けろってことかい？」

「ご明算。そうすりゃ刀で源蔵を制したことになって、大見得が決まりゃあヤンヤの大喝采――今やお江戸で知らねえやつもいねえ成田屋の松王の工夫が、こんなことたあ誰も思やしめえ」

「たまたまでもなんでも、こりゃ本物だよ。上手い工夫はできたもん勝ちさ、そのうち成田屋の型なんてもてはやされるんだろうねえ……」

半四郎はひとしきり聞いて、ようやく返盃をほしてふうと息をついた。

「音羽屋だって大坂で、堂々と江戸前の型でいがみの権太《ごんた》を演じて喝采を浴びてきたよ。團菊《だんきく》が揃って型も工夫もできるんだもの、そりゃあたしもこの間の顔見世がやりやすかったわけだ！」

南北が團十郎を発奮させせんとついた嘘は、なんと瓢箪から駒。菊五郎も型を極めて江戸へ戻り、文政五年の市村座の顔見世は江戸に戻ったばかりの半四郎が一肌脱いで久方ぶりの團菊の共演と相なった。江戸中が待ちかねた顔合わせを当てこんで題も『御《ご》贔屓《ひいき》竹馬友達《つわもののまじわり》』、絢爛豪華な衣裳を着込んだ團菊を十二単姿の半四郎が引き合わせて「いずれ兄とも弟ともわからぬほどによく似たは、お江戸自慢の藝敵《げいがたき》」と楽屋落ちに洒落《しゃれ》込めば、毎日大入りで札止め――わずか八つの子どもまでが通い詰めたというのだから、人気のほどは折り紙付きだ。

「もうね、あのふたりとならあたしゃいくらでも共演するよ。次の春芝居もいい芝居書いとくれ、頼むよ俵さん」

あたしゃ待ちきれないよ、と半四郎は嬉しそうに酌をする。

「そうさな、共演させりゃ芝居も盛り上がる――俺っちにも小屋の衆にも、今助どんにも悪い話じゃねえや」

南北がその酒を啜って破顔した、その背中から。

「悪うございます、キョウエン違いというもの」

――南北のゴマの鬢の向こうには、見慣れた金糸と銀糸。水戸に引っ込んでいたはずの大久保今助は、珍しく総身に汗をかいている。

「あら、今さん！　お戻りでしたの、とりあえずどうぞご酒一献！」

半四郎が差し出した盃を、結構とばかりにはねつける。座りもせずに南北の頭を睨む目は、黒羽二重の着流しよりも光がない。思わず南北、振り向いてぶるっと震えた。

「今助どん、どうかしたかえ……」

「どうかしたかではございません」

銀延べの煙管でゴマの鬢を叩き、今助は衿を乱暴に直した。

「音羽屋さんが戻ったら成田屋さんと競演させてくれと言いましたのに、何故《なにゆえ》同じ一座に入れたのですか」

「そ、そりゃおめえが言ったからさね、水戸にいる間の芝居町は俺っちに預ける、成田屋と菊をキョウエンさせてやれって……」

「違う、競い演じると書いて競演でございます。あれほど立派な稼ぎ頭になったおふたりを同座させるとは……二座あるはずの稼ぎをみすみす一座にまとめて儲けは半分、お気は確かか！」

今助の勢いに、鰻の蒲焼の香りすらぴたりと止む。南北は叩かれた髷を撫でて、今助を睨み返した。

「そんじゃ聞くがよ、江戸っ子っつう江戸っ子は團菊の同座を待ちかねてたんだぜ、そのお志を無にしろってのか」

「無論です、その江戸っ子どもはたとえ成田屋と音羽屋が別の芝居小屋でも観に来るはず――ばらばらの小屋に出しておく方が先生の懐も潤うと、なぜお分かりになりませんな？」

今助が座敷の畳を叩くと、その拍子に徳利が倒れて南北も悟る。

「……そうかい、今助どん。俺っちはてめえを少し見誤ってたみてえだな、いってえ何が望みだい」

「成田屋と音羽屋を別の小屋に、それだけです」

「そりゃできねえ。金主のおめえさんがよくわかってんじゃねえか、役者は顔見世から一年ずーっと同じ小屋に出っぱなしがお定めよ」

南北は馬鹿にするようにそっぽを向き、白魚をつまむ。狂言作者が侍をあしらう有様に、店中の客も笑いを噛み殺し始めた――ここまでされては今助も意地がある。

「……でしたら、賭けをいたしましょう」

「賭けだ？」

「ええ。次の興行、彼ら同座の芝居がつつがなく終われば先生の勝ち、私は水戸へ引っ込みます。しかしもし幕が芝居の途中で閉まれば最後、先生のお給金は私の総取り――いかがで」

「……てめえもよっぽど、山吹色の大福が好きだねえ」

……勝手にしろ、と言い捨てられて今助は贅《ぜい》を尽くした羽織を翻《ひるがえ》して去っていった。鰻屋の大将が「大久保殿、鰻の御用は……」と哀れげに呼びかけても、その姿はすでにない。けっ、と一声上げて白魚を呑み込む南北の耳に、半四郎が唇を近づけた。

「いいのかい、あんな無茶受けて……ほんとに人は怖いもんだよ」

言われなくてもわかっている。金の亡者《もうじゃ》を相手にするだけ無駄なこと――しかし受けねば男がすたる。

「受けるっきゃねえだろ」

帯を締め直したその手で煙草入れから煙管を拾い、店の若い衆に煙草盆を言いつける。刻み煙草を火皿に詰めていると、半四郎の声が降ってきた。

「ねえ」

南北がひょいと見上げると、色気のある顔がきりりと引き締まっている。

「あたしが、もう一肌脱いでやろうか？」

半四郎はにっと笑って、南北に己の盃を差しつけた。

来月の興行の行方すら知らない南北は、成田屋型の松王が大坂にも根付くことも、後世まで伝わることも、また團十郎がやるはずだった工夫は後の松王の基本の型になることも、一切合切知るよしもなく、頭はひたすら面倒事で埋まっているのである。

伊達《だて》競《くらべ》坊主《ぼうず》の鞘当《さやあて》

カンカン。

コンコン。

かつら師の友九郎《ともくろう》が、木槌《きづち》でかつらの形を整えている。市村座《いちむら》の作者部屋に響き渡るその音をものともせず、南北《なんぼく》は役者の一人と愚痴の交わし合いだ。ものともせず、というよりは、慣れ切っているというべきか。

「すいやせんね、先生。床山部屋《とこやま》が若いのでいっぱいなもんでして」

「かまわねえよ、こんなとこならいくらでも使ってくれや」

そうは言っても、目の前の客人にはやかましくて悪かろうと煙草盆をスッと出す。

「いえ、私は」

「そうか、おめえ嗜《たしな》まねえんだったな」

南北のすすめを断った幸四郎《こうしろう》は、静かに茶を一服する。高麗屋《こうらい》の五代目・松本《まつもと》幸四郎は煙草はやらない、酒も付き合い程度でおまけに女房一筋、それなのになぜ当たり役は悪役ばかりなのか——これは素の幸四郎を知る者なら一度は思う疑問である。鼻の高いところから渾名《あだな》を鼻高《はなたか》幸四郎とも、役柄から悪高麗ともいうが、芝居好きの子どもなら鼻高と聞いただけで泣いて逃げ出すほど恐ろしい芝居を得手にするのに、ひとたび舞台を降りれば静かなのだ。

「その頭なら、さぞや木挽町《こびきちょう》のかつら師さんは仕事が楽でしょうね」

友九郎が眼鏡を外し、幸四郎のつるつる頭を見ながら笑う。今年・文政六年、幸四郎は木挽町の森田座《もりた》に出ているが、今ここ葺屋町《ふきや》市村座の作者部屋にいるのにはわけがある。

「よくぞ聞いてくださった。頭丸めて今助殿《いますけ》に詫びてきたのさ」

冷静な幸四郎が高い鼻息を少し荒げるから、友九郎の柝の音が休まる。そう、金主《きんしゅ》に下げたこの坊主頭の愚痴をぶつけるためにわざわざ出向いたのだ。なんといっても芝居町で一二を争う長老の幸四郎、南北の他にこんな話を聞いてくれるのはほぼいない。

「とばっちりもここまでくりゃ大したもんだ、今助殿ときたら。どうして團菊《だんきく》の共演を止めなかったんだなんぞ、私に言われてもしょうもないものを――」

「それでその禿げ頭かえ」

「仕方がねえでしょう先生、詫びねえと芝居町への出入りを差し止めるとまで仰《おお》せだ。役者は芝居ができなけりゃ死んだも同然、命あっての物種……泣く子と地頭と金主にゃ勝てやせん」

幸四郎が己の禿げ頭を撫ぜると、南北は呆れたようにため息をついた。

「ええ目にあったな、内裏雛《だいりびな》の烏帽子《えぼし》でもかぶせときてえくれえだぜ。あいつも難儀な……」

「先生、わっちもよくはわかりやせんが、あの今助どんが変われば変わるもんだ――いってえ、何があったんでしょうね？」

友九郎が槌を置き、仕事着の革羽織を脱ぎ捨てて身を乗り出した。南北は煙草に火をつけてひとつ呑み、首をひねる。

「どっちかってえと、今までが猫かぶってやがったんだろうなあ……面倒な賭けを受けちまったもんだ、大和屋《やまと》にも申し訳ねえ」

今日が初日の春芝居「浮世《うきよ》柄比翼稲妻《づかひよくのいなづま》」は、大喧嘩の仲直り以来三度目の團菊の共演。これが難なく終わればよし、もし途中で幕を引く始末になれば南北の給金なし――大和屋の半四郎《はんしろう》は「あたしがふたりを見張ってるよ」と、刃傷ならいざしらず大抵のことはおさめてみせると意気込んでくれたが、そんなことに割《さ》く労力がもったいない。

「とはいえ、もう初日の芝居も大詰……なんのことはねえ、私の禿げ損になりそうだ」

幸四郎は足をあぐらに崩し、湯呑みに手を伸ばした。太く張った脛《すね》は黒の股引《ももひき》で覆われていて、まるで鳶の頭か大工の棟梁か――湯呑みが空だったとみえて手を引っ込めた、その刹那《せつな》。

「じーーちゃーーーん!!!!!!」

耳をつんざくなどでは言い足りない。気の利いた化け物なら引っ込んでしまうような大音声《だいおんじょう》に、南北が老いに似合わぬ俊敏さで立ち上がって障子をがらりと開けると、ガキがいた。

「なんだ、芳《よし》坊か？　芝居の真っ最中じゃねえか、騒いだらいけねえぞ」

芳坊、と呼ばれたこのガキこそ、あの團菊久々の共演「御贔屓竹馬友達《ごひいきつわもののまじわり》」に通い詰めたというわずか八つの芝居狂いである。日本橋の商家のぼんぼんでおかいこぐるみ、末は商売を左前にして売り家と唐様《からよう》で書きそうなほど芝居小屋に入り浸り、ついにはまさにこの作者部屋で南北に詰問されるも、小さな五体に似合わぬあまりの熱意に市村座の表も裏も木戸御免で入りたい放題の特権を許された。（この勝手が今助をさらに激昂させたとは、お釈迦様でも気づかないのだが……）

その芳坊こと芳三郎《よしさぶろう》の目はうるみ、顔は赤く染まり、焦って走ってきたのだろう、せっかくの絹の縞の小袖が汗に濡れている。常は楽しげに小屋中を走り回っている小僧が、血相変えて一目散に駆けてきた——

「芳坊、どうした」

幸四郎も芳三郎を見るや、ただならぬ気配を感じたようだ。芳三郎は必死に何かを訴えようとするが、動揺のせいか出る言葉は「あ、あのね、團十郎《だんじゆうろう》が、菊五郎《きくごろう》が、」とばかり。團菊の二人はちょうど舞台で大詰「吉原仲之町《よしわらなかのちよう》　鞘當《さやあて》の場」の真っ最中、侍役で共演しているはずだが……

「成田《なりた》屋さんと音羽《おとわ》屋さんがどうしたい、芳坊？」

友九郎が問いかけると、「か、か、か……」と言って、泣き出してしまった。泣かれちゃどうしようもない、と男三人が雁首揃えて途方に暮れていると、廊下をぱたぱたと花道のように小袖の女が駆けてくる。

「俵《ひよう》さん、俵さん！」

俵さん、と南北を呼ぶ小袖姿は立女形《たておやま》の半四郎。しかしこちらも息せき切って来るものだから、男どもにはわけが分からない。

「大和屋、何があった」

南北が言うが早いか、半四郎は答える。

「も、もう、あたしの手にゃおえない……」

「いってえどうした!!」

「あの馬鹿ふたり、舞台で刀抜いちまったよぉ!」

「……はあ? 立ち回りだろが、なにをそんなに」

「違うよ、本身《ほんみ》なんだよ、切れるんだよ! 果たし合いだよ!!」

半四郎の一声に、その場が凍りついた。


「御免」

「これは京橋《きょうばし》さま、ご苦労さまでございます」

今を去ること七日。日本橋の尾張《おわり》屋の主が迎えていたのは、いささか苦手な客人だ。店の中はひんやりとして、うっすらとこの場にそぐわぬ甘やかな香りが金糸銀糸縫い取りの絹羽織にからむ。見渡すかぎり壁という壁に刀剣が並んでいるここは、大久保《おおくぼ》今助行きつけの刀屋である。京橋に住まいを構えることから京橋さまと崇《あが》められる今助は、芝居小屋の金の神でありつつ水戸徳川家の家臣――いったい芝居町の誰が逆らえよう。

「主、佳き油の香りであるな」

「は、ありがたいことでございます。うちは大芝居のかつらに使う丁子《ちょうじ》油のもっといいのを刀に塗っておりますので、芳《かんば》しきことこの上ないかと」

刀の錆《さび》止め油まで褒められては、流石《さすが》に尾張屋も顔がゆるむ。しかし帯刀のまま今助は小上がりに腰を下ろし、青白い顔よりもほの白いその腕を組んだ。

「かつらにも油を塗っているのか」

市村・中村両座の金を一手に握り、芝居の興行は思うがままの男から出る言葉とは到底思えない。思わず尾張屋の口がぽかんと開いて、そのまま動く。

「お、恐れながら……私どもの髷《まげ》も、芝居のかつらも同じでございますが」

髷を結うには髪に鬢《びん》付け油をすり込んで固めていく。どの鬢付けも甘やかな香りがするが、丁子油はその中で最も上等なものだ。それゆえに、江戸三座ら大芝居の床山は躍起になって購《あがな》っている。もちろん今助の見事な黒髪も、丁子油をすり込んだものであろう……みなまで言わずとも、今助は「ほう」と頷いた。

「そうか。かつらなど、油もなしに結っていると思っていたが」

「金主さまにも、ご存知ないことがございますので？」

尾張屋がいつもの調子を取り戻しても、その太鼓腹すら見もしない。

「私は芝居なぞどうでもよい、所詮は金儲けのタネだ」

淡々と言い捨て、手代に煙草盆を言いつける。天鵞絨《びろうど》の金地に黒で虎が刺繡された帯をさぐり、総銀づくりの鳳凰丸の根付で下げられた煙草入れを無造作に引っ張り出す。尾張屋が煙草入れの鱗《うろこ》模様に目をつけると、どこかおかしい。金と黒の三角で敷き詰められた馴染みの鱗紋様ではなく、いびつな丸が散らばっているのだ。

「京橋さま、そのお煙草入れは」

「知らぬのか、阿蘭陀《おらんだ》渡りの蛇革だ」

よく見てみれば、なるほど日本の青大将に似ていないこともない——留め金も玉虫色の蛇の形だ。また今助が取り出した総延べの銀煙管《ぎんぎせる》も、倶利伽羅《くりから》竜の彫りかと思えばこれも蛇である。

「京橋さまは巳《み》年のお生まれで？」

「ではない。蛇の抜け殻は金子《きんす》を招く……無知めが」

呆れ返った様子で煙草を詰めたところにちょうど煙草盆が来たので、火をつけて一服する。尾張屋がその今助の足元を見れば、絹の紫着流しの裾に染め抜かれたとぐろ——白皮赤眼《びゃくひせきがん》の、蛇。

まるでかぶき者という風情の伊達《だて》小袖、冷たき眼光鋭い目玉とは雲泥万里。南北の書く水もしたたる色悪にも引けを取らない悪漢美男がこれか……と、呆れないと言えば嘘になる。とはいえ上客の今助の機嫌を損ねて何かあってもこの身の損。尾張屋はぴっと衿を正し、帳場を出て今助の横に平伏した。

「そうしまして、本日は御差料のお研ぎ直しでございますか」

今助の腰の名刀井上真改《いのうえしんかい》を見て言う。この真改もたいしたつくりの業物《わざもの》だが、持ち手によってはなまくら同然——しかし今助は煙を吐いて首を振った。

「そうではございませぬか、これは失礼を……ならば、お買い求めでございますかな。長曾禰虎徹《ながそねこてつ》に長船兼光《おさふねかねみつ》……そうそう、かの五郎入道正宗《まさむね》も一振、さる筋から」

カン、と銀煙管を強く灰吹にぶつける音が、尾張屋の口上を遮った。

「名刀はいらん」

今助が尾張屋を見下ろして言うから、思わず尾張屋もすっと退《しさ》る。

「さ、左様でございますか。しからば小柄《こづか》でございますか、それとも笄《こうがい》……」

「数打《かずうち》を二振貰いに出向いた」

――数打。二束三文のなまくら刀を、腐っても水戸のお武家さまがお求めとは……尾張屋の頭はとんと働かない。

「数打で……ございますか？」

「いかにも」

「……松蔵《まつぞう》、閉めちまいな」

なにかワケがあるのだろう、そう踏んで手代に店の戸を閉めさせる。心張り棒がしっかとかかるのを見届けてから、今助の前で汗ばむ揉み手をした。

「えー……なんですねえ、京橋さまのお腰に似合うような数打はございませんで……」

「馬鹿を申せ」

色のない眼光で背骨を徹されると、尾張屋の揉み手も自然ぴたりと止む。

「私が差すのではない、切れるならば何でもよい。即金する、早く出せ」

煙をふくんでぬくもっているはずの口から、あまりに冷ややかな北風が吹いたので、如月《きさらぎ》の店の中も寒の戻りのようだ。尾張屋はへへえと平伏したが、まだ信じられんと顔をわずかにあげる。

「……数打、で？」

――ぴっしゃり。

くどいとばかりに銀の煙管で殴られたその額を押さえ、尾張屋は手代に言いつける。すぐにほいほいと松蔵が、見るからに安物の刀を二振持ってきた。そのまま勘定を済ませると、今助は桐柾目《まさめ》の駒下駄を鳴らして帰ろうとする。慌てて松蔵が心張り棒をのけて戸を開けたとき、背中から尾張屋が声をかけた。

「もし、京橋さま。今度の春芝居はどちらが見ものでしょうか」

これからもご贔屓《ひいき》よろしくどうぞ、といつもの通りにヨイショする。尤も、今助に芝居の世辞が使えたためしはない。が、それでも動く商人《あきんど》の舌の悲しさよ……

「市村座だ。成田屋と音羽屋、それに南北」

と、思った矢先に耳に芝居人の名が飛び込んできた。今助は振り返りはしない。

「それはそれは、ようございますねえ！　團菊の共演に、南北先生のお作とは！」

不意を突かれてもそこは商人、尾張屋の口からはすらすらと言葉が流れ出る。しかし今助は皮肉に黙るだけで、口元を綻《ほころ》ばせてはいないようだ。

「――まあ、無事にすめばよいがな」

「……とは？」

呆気に取られた尾張屋が目玉をぱちくりやった時には、けばけばと鮮やかな着物の影も切れ端もない。

「お帰りになられやした」

松蔵が告げるので、尾張屋は腰を叩いて帳場に戻る。何だったのかねえと言いたいが、もはや口を開くのも億劫《おっくう》だった。

尾張屋の手代・松蔵は小屋にもしばしば出入りしている。芝居に使う小道具の刀は、竹光とはいえ作りは本物同然。うっかり鞘走ったり刀身がすっぽ抜けたりすると危ないので、やれハバキは合っているか、やれ目釘《めくぎ》は緩んでいないかなどなどの確認に本職として呼び出しがかかるのだ。それも興行の初日前と中日に毎度毎度行くものだから、尾張屋の手代衆もすっかり芳三郎に顔を覚えられてしまった。

今日も朝から市村座に呼ばれて馳せ参じ、朋輩の梅吉《うめきち》とふたりがかりで小道具方の部屋にある分をすべて確かめた。明日開幕の春芝居「浮世柄比翼稲妻」に出る刀の数は普段の倍はあり、終わるころには日も中天、九つの鐘が聞こえる時分。あとは團菊の楽屋にある二振の刀を確かめて仕事は終わり、こなしてから飯にしようかと頷きあう松蔵と梅吉だったが、作者部屋の前を通った時に低い声に呼び止められた。

「お若えの、待たっせえやし」

この声を知らずに、芝居小屋に出入りできるものか――皺《しわ》の老爺《ろうや》に招かれては、素通りするわけにもいかない。膝をついて障子を開ければ、案に違わず鶴屋《つるや》南北。

「おう、おつかれさんだねえ尾張屋の衆」

「おつかれさんだねえ、おわりやのおじさん!」

座布団にかけて文机《ふづくえ》に頬杖をつく南北の横で、芳三郎が右の手に箸を持ったまま丼から顔を振り上げた。

「先生どうも。おう芳坊、なんつうところに弁当ぶらさげてんだおめえは」

松蔵は芳三郎の鼻っ柱についた米粒をつまみ上げると、懐《ふところ》の懐紙を取ってぬぐった。南北の文机の前には大道具で使わなくなったと思しき畳表がざっと敷かれ、その上に蓋をした丼が十も二十も並んで湯気をただよわせている。その砂糖と醬油のタレの香りは、なぜ廊下を歩いているときに気づかなかったのか不思議なほどだ。

「先生、こいつは……」

梅吉が耐えかねて唾を呑み尋ねると、芳三郎が満面の笑みで「うなぎだよー！」と南北の返答を打ち消した。その様子に目を細め南北が「そうだ、鰻だ。うめえか？」と問えば、「うめえ！」と甲高い声が返ってくる。

「どうせ明日はばたつくからよ、一日早えが初日振る舞いさね。おめえさんらも食って行きな」

再び丼と格闘する芳三郎を見ながら、南北は答えた。唾で口がいっぱいの梅吉に代わって礼を言い、松蔵がその場に腰を下ろす。

「それでこの丼の並びようですかい、陰膳《かげぜん》じゃあるめえし」

「縁起でもねえ、いらねえならいいんだぞ」

「あ、いらねえたぁ言ってねえじゃありやせんか！」

ぽんぽんと手玉に取られる松蔵に、芳三郎がきゃははと吹き出した。「ほれ食え食え」とまた促されて、松蔵と梅吉は頭を下げて鰻丼の蓋を取る——はいいが、食おうにも芳三郎がおじさんおじさんと寄ってくるから箸も持てない。

「松おじさん、舞台の下手っかわにあるのが花道だろ、逆っかわにある道はなーんだ！」

「東の花道な、芳坊……おじさん腹へってんだ、勘弁してくれ」

「そんじゃ二問目！　大詰に團十郎と菊五郎がかぶる笠なんでしょー、梅おじさん！」

「三度笠か？」

「ううん、深編笠《ふかあみがさ》！　ふたりが顔隠して出てくるんだって、それも吉原の花景色に！」

「へえー、おい梅、吉原だとよ。また豪勢な……ん？　先生、ご馳走になって言う科白じゃねえが——ゼニは平気なんですかい？」

芳三郎をあしらううちに、松蔵はふと案じる。

ところが、南北はにしっとヤニの歯を剝いて笑った。

「なんのために芝居書いてると思いやがる。御見物のお客人に喜んでもらって木戸銭を頂戴するだろ、そいつで小屋が潤《うるお》ってもっといい芝居ができる。だから俺の給金がたんまり入る、それで役者に裏方……おめえさんらもだがね、芝居小屋に出入りする人間を元気づけにゃあ、いい芝居は続かねえ。だからこいつは大事な金遣《かねづけ》えなのサ」

どこぞの金主に聞こえよがしとばかり、南北は得意満面である。これには松蔵のみならず、梅吉も思わずがっついていた丼を置いた。いい芝居をこの芝居町で永劫《えいごう》かけ続けられるように、そこまで己の仕事を考えたことがあったろうか。刀剣の尾張屋が何代続こうが、自分ら手代の身には関わりないこと……そう思っていたと、つい二人顔を見合わせて鬢を掻く。丼を持ち直すと示し合わせたかのように鰻丼の残りをかっこみ、「ごちそうさんでごぜえやした！」と息を揃えて仕事に戻った。これだからじいちゃんはキンシュと仲がわりいんだ、という芳三郎のボヤキも聞かぬままに、梅吉は團十郎の、松蔵は菊五郎の楽屋へと急ぐ。團菊の二振は、いくら確認に気合を入れても入れすぎるということはない——松蔵は菊五郎の楽屋の前で止まり、両の頰をぱんと張ってから暖簾《のれん》をくぐった。

「ごめんなせえやし、尾張屋の松蔵でござんす」

中を見た途端に、松蔵は「名題楽屋に余所者不可入《はいるべからず》」という楽屋口の張り出しの意味がわかった気がした。看板役者が支度をする神聖な名題楽屋に用もないのに入れるのは作者・座元・金主くらい、ただその程度に捉えていたがどうも違ったらしい。楽屋の中は鏡台の前に諸肌脱ぎで大あぐらの菊五郎が、白塗りの顔が赤くなるほどしきりに膝をゆすっている。その周りの長老弟子たちが菊五郎をなだめ、尾上音之介《おのえおとのすけ》ら若い弟子は隅で固まっている。なるほどこいつは余所者不可入だ。そのままそおっと暖簾を戻そうとしたら、齢四十ばかりの年嵩《としかさ》の男に見つかった。

「ああ松さん悪いね、初日前のだろう？　ちょっと、勝手に見てってくんな」

いつもの取り込みでな——と男は笑う。余所者ではないが、弟子でもない。右手に月代《さかやき》の伸びた茶筅髷《ちゃせんまげ》のかつらを持っているのは、市村座のかつら師・友九郎だ。

「友さん、どうなすったんです」

「どうもこうもいつものおかんむりさ、わっちも巻き込まれちまった」

「べらぼうめ巻き込んだわけじゃねえや、勝手に首突っ込みやがって」

菊五郎の啖呵《たんか》は流石音羽屋の総本家、これには友九郎も苦笑いして座るばかりだ。そうと決まれば仕事をさっさと済まして逃げようと、松蔵もさっきの決意はどこへやら。そそくさと楽屋の奥に行き刀掛けにかけてある名刀に手を伸ばせば、「おい松！」。「へ、へい！」と手をひっこめれば、ぐるりと向いた菊五郎と目が合う。

「俺と團とどっちが色男だ！」

……は？　と言いそうになるのを必死でこらえた。音羽屋さんはそんな話でこのお怒り？　と友九郎に目顔で問えば、友九郎も無言のままに頷く。松蔵は尾張屋の主譲りの舌が回るか回らぬか、ままよと菊五郎を見たが、その顔はすすすとまた下がって畳についてしまう。

「そ、そりゃあ音羽屋さんで……」

「だよな。やっぱり團がおかしいんじゃねえかよ」

菊五郎が否定しない以上、楽屋の誰もが首を縦に振る。ここで何があったか聞くだけ損というもの……だが、言葉足らずの今助のような者がいるならば、逆もまた然り。

「あの野郎、俺の山三《さんざ》にケチつけてきやがった。山三は色男だ、もっと柔らかく動けだと？　べらぼうめやかましい黙りゃあがれ！　おかげで殴りそうになっちまったぜ。手ェ出さねえ代わりに言い返すだけで済ましてやったんだからありがたく思やいいものをな、あの野郎まで頭に血ィのぼらしやがって……おい聞いてんのか」

静かに刀に近寄っていたのが見つかって、松蔵は蛇に睨まれた蛙だ。

「へい、聞いておりやす、成田屋さんに何か仰《おつしや》ったんでごぜえやしょう？」

「そうよ、至極真っ当なことだけ言ってやったっつうのに、てめえの伴左衛門《ばんざえもん》はちっとも強そうに見えねえってな。そしたらあのアンポンタン、ぶすくれて俺の胸ぐら摑みやがった！　死ぬ気でくるならやってやろうじゃねえの。第一あいつが下手なのは本当さ、俺のひがみじゃねえんだぞ。うちの音之介が聞いてきた話だ間違いねえ」

へいへいと聞いていると、友九郎が「音羽屋さん、松さんはお仕事に参っておりますから……」ととりなしてくれたので、松蔵は自由の身になって刀掛けの前に立った。右の腕を伸ばして竹光の刀を取れば、どこか重たい気がする。

……気のせいか、とまずは鞘から検分する。綺羅《きら》の細工の鞘はこの興行のために南北が注文した品、團菊の共演となればこれくらいの贅沢も無駄にはならない。そのまま鍔《つば》を見て変わりがないことを確かめ、柄《つか》に移った時だった。

目釘が金《かね》でできている。

竹光の目釘は木製だ、竹の刀身を止めるにはさほど大層な留め具でなくてよい。しかし金だ、いったいどういうことか。柄の検分を後回しにして、少し刀を抜く。照り返しが美しい。右手にかかる感触が重い。ほのかにくゆる、丁子油の香り。刀剣商のたしなみ、常に持っている懐紙を一枚抜き取って刃に当てる。引けば、二枚になる。

——本身だ。

ぞっと総身に走る冷や汗に震える。音羽屋は、どんなに怒っていても敏《さと》い。

「おう、刀がどうかしたか」

言おうか、言うまいか……言うしかないと辿り着くまでに刹那《せつな》の間もいらなかった。

「……本身でござえやす、切れます」

つとめて太い声で言ったつもりが、弟子の驚く騒ぎ声の方が千倍も万倍も大きい。ならば師匠はさぞかし、と思いの外に菊五郎は白塗りの口元をぐっと上げている。

「そうか、本身か」

「本身か、じゃござえやせんよ」

友九郎が身を乗り出した。

「本身じゃ立ち回りはできやせん、切り合われたら小屋が潰《つぶ》れちまう」

「友さんの言う通りでさぁ、あっしが竹光にとっけえておきやす」

「いや、このままにしろ」

菊五郎に似合わぬ冷たい声音に、松蔵も友九郎も尻がべたりと畳についた。

「こいつは南北のおやっさんのご趣向だ。俺と團に火花が散るような切り合いをさせて、御見物を喜ばそうってんだ、そうに違えねえ。流石はおやっさんだ、てえしたもんだ」

「何を仰いますか、そんなわけが。喧嘩の続きを舞台でなさっちゃいけやせんよ！」

「黙れ松公！　この俺がそうだと言やあ、そうなんだよ！」

畳についた左の腕を摑まれて立たされたかと思うと、楽屋暖簾が顔をざぁっと撫でてすり抜けた。「音羽屋さん！」と叫んだ時には、楽屋の戸が閉め立てられている。

「こりゃいってえ、どういう……」

どうとその場に崩れると、向こうから梅吉が青い顔で走ってきた。


「初日御芽出度《おめでと》う御座《ござ》います、南北先生」

「これは今助殿、おめでとうさん」

「どうぞ千穐楽《せんしゆうらく》まで何事もございませんよう」

「ああ、俺っちがいるんだから平気の平左さね」

「仰います、万に一つがありましょうに——そうなれば先生のお給金は」

「おめえがぶんどる、ってんだろ。ありえねえよ」

「こちらも蟄居《ちつきよ》するつもりはございません、何が起きても私の益」

「初日早々やめてくれ、もう御見物がへえってんだ」

「……御芽出度う御座いました」

今助はくるりと金糸銀糸絹羽織を翻して南北に背を向ける。

「金のなる木とて、ならずば枯れるが定《じよう》」

最後の捨科白は南北には聞こえていない。

文政六年市村座、春狂言「浮世《うきよ》柄比翼稲妻《づかひよくのいなづま》」初日。御見物が詰めかけて大入り御免を早々に叩き出したそのわけは、やはりヨリを戻した團菊の共演だろう。大詰「吉原仲之町　鞘當の場」は吉原絵巻、本花道から出る團十郎の不破《ふわ》伴左衛門に東の花道から出る菊五郎の名古屋《なごや》山三。科白を掛け合い舞台に来て、すれ違う拍子に腰の刀の鞘がぶつかって喧嘩になり、ついに白刃をきらめかす。そこに半四郎の留め女が割って入り仲直り、というだけのまるで筋などない芝居であろうと團菊の共演で大入り。安い平土間の木戸札が売り切れ、高価な桟敷や二階席を手配する芝居茶屋がおおわらわなのもご尤もだが――かたや南北は幸四郎と愚痴話をするばかりで悠々だ。

そうこうするうち昼も過ぎ、客の間では観たばかりの芝居談義に花が咲く。

「いやあ、音羽屋さんの山三は色男の極上上吉だな」

「待ちな待ちな、俺ぁなんつったって伴左衛門よ。あのかぶいた骨太の悪人ぶり、たまらねえって」

「大和屋のお姉さんはいつ出るのかしら？」

「半四郎なんかどうでもいいわよ、やっぱり菊さまでしょ！」

などなどと弁当をつかい、酒を楽しんでいるうちに幕の前に裃《かみしも》姿の口上役が出る。誰も聞く耳もなく舌を動かしているが、そこは役者の端くれ、すっと息を入れた。

――東西。このところご覧に入れまする、大詰「吉原仲之町　鞘當の場」、元禄かぶき者の絵姿を芝居に写しまして古風にお目にかけますれば、ごゆるりのご高覧、左様――

とうーざーいー、と口上役が引っ込んで、廓《くるわ》の騒ぎ唄のすががきが始まる。小屋の東西の壁に沿う桟敷に吉原仲之町の大きな茶屋暖簾がかけられて、小屋の天井から桜の枝が吊り下がる。おお、ともれる歓声を受けて幕が開き、柝《き》がチョーンと入る。廓の若い者が舞台をぐるり回るうちに、満座の場内はしんと静まった。

ぴりとした空気を露払いに、二つの花道から深編笠で顔を隠した侍が出る。雲に稲妻の黒着付を着た男は本花道を武骨に歩み、雨に燕の浅葱《あさぎ》着付の男は東の花道を優美に進む。互いに向かい合って立ち止まれば、まず武骨な男が「遠からん者は音羽屋に聞け、近くば寄って目にも三升《みます》の寛闊出立《かんかつでたち》」と太い声で長科白を朗々と、ついで優美な男が「歌舞の菩薩の君達が、妙なる御声《みこえ》音楽は」と流麗に科白を歌う——もう小屋中が陶然である。二人が舞台にかかって鞘がぶつかり口論となり、さては遺恨ある相手だなと互いに深編笠を外せば、

「思うに違わぬ音羽屋の」

「さてこそ成田の團十郎」

折よくここで会ったなあ、と二人が声を揃えれば御見物は喝采だ。伴左衛門でも山三でもなく役者の名前で呼んだのは客への挨拶であろう、そう思って疑わない。御見物ばかりか、袖で見ていた芳三郎までが違和を覚えずのめりこんでいる。

「かっけえ……」

まだ前髪ながらも、役者の道に踏み込むのではないか……親が見たらそう心配になるほどに、芳三郎は目を輝かせていた。

——しかし花道奥の鳥屋《とや》で出番を待っている半四郎だけは、なにやら様子がおかしいと気づいていた。早めに麻の葉散らしの小袖に緋の前掛けの支度を済ませて揚幕から後輩二人の芝居を覗

いていたが、全く面白くない。なにしろ團十郎も菊五郎も、舞台に行った時から妙に体がこわばっている。重心が左に寄っていて立ち姿がぶざまだ。おまけに科白は上滑りするのに、互いの名を呼んだ時だけはやけにしっかりしている。武士の名乗りじゃあるまいし、勝手に科白をこさえるんじゃないよ……そう呆れるやいなや、立ち回りの鳴物が入ってツケがバタバタと鳴った。ここからが團菊二人の切り合いだ、どうだねと再び揚幕をちょっとずらして覗く。やはり二人は不調なのか、軽い竹光を持つ手が重そうに震えている。

何かことがあれば、あたしが止めてやる――そう南北に豪語したのだ。

「おかしいやね、あとで叱ってやろうか」

鳥屋番の老爺に水を向けると、「半さん、それより出だよ」と急かされる。弟子が差し出した赤鼻緒の下駄をつっかけ、はいと声をかけると揚幕がシャリンと開いた。花道をパタパタと出て、ここで三人同時に止まり見得をする――のだが。團菊二人はよほど熱が入っているのか、止まろうともせずに切り結んでいる。刀のぶつかる音までも無闇矢鱈《むやみやたら》にやかましく、仕方がないのでドンと下駄を強く鳴らせばようやく舞台の二人も立ち止まり、見得に御見物が「成田屋」「音羽屋」「大和屋」と声をかけてくれる。そのまま舞台まで進んで二人に割って入るが、團菊揃って目が血走っているし、そこをどけという声もさながら本気だ。それほど気合があるのになんで刀をふらつかせるかね、そう思いつつ前掛けをほどいて二人の刀にかぶせる。刀の峰を押し下げてまた見得になるのだが、今日はこちらも本気で押さないと刀が下りてくれない。えいやっと力を込めて舞台の床に刀を押しつけて、バッタリと三人で見得をする。

「まあまあ待って、くださんせいなぁ」

口では柔らかに言っても、心ではぼやく。何してんだいお前たちは、仲直りのご趣向だってのに大根になってまあ……。フッと團十郎の伴左衛門を見て、科白を促す。

「知らぬ女がなぜ止める」

「怪我せぬうちに」

退け、退けと合わせる声は力が入りすぎて聞き苦しい。半四郎としたって、根っからこんな連中だとは思っていない。玄人ならしっかり務めなさいよ、そう激励せんばかりに見事な科白回しを聞かせつける。

「いぃや退かれぬ退きませぬ。白刃を恐れぬ鬼子母神のわたしに免じて成田屋さん、今おひとりは音羽屋さん、去年霜月顔見世で仲直りして間もないうち、このいざこざはまぁやめて、わたしに預けておくんなさいよ」

歌い上げれば御見物が平土間から三階までどっと湧く。これは南北がしたためた楽屋落ちの長科白、受けの良さは折紙付きだ。さてここで侍二人は互いに納得し、刀を納めることにする。かくて長い「浮世柄比翼稲妻」もやっと幕となる……

「イヤ折角の言葉だが」

「止めてくれるな、この場の勝負」

半四郎の耳に聞いたこともない科白が飛び込むのと、緋の前掛けがすっぱり切れるのと、事態を察した芳三郎が作者部屋へ駆け出すのが同時だった。

――弱っちい伴左衛門め、くたばっちまえ！

――色気のねえ山三なぞ、切り捨ててくれるわ。

菊五郎と團十郎の、もはや役を捨て去った叫びが舞台の方から聞こえてくる。芳三郎と半四郎の知らせを受けて、作者部屋はもとより小屋中が大騒ぎだ。南北が慌てて舞台の袖に駆け込めば、客の中にはこれが芝居だと思ってやんやの喝采をする者あり、もはや芝居ではないと恐怖に固まる者あり。

「幕だ、幕を引け！」

大道具の衆に怒号を飛ばす。二十歳ばかりの若い者が急いで幕を引こうとしたが、その肩は総延べの銀煙管で引き戻された。

「とんだ初日で、御芽出度う御座います」

「今助、てめえに構ってる暇はねえ、幕だ！」

皺の顔を真っ赤にして怒鳴る南北に、ぷうと煙を吹きかける。

「幕にするなら先生のお給金は総取り、こちらの勝ちということに」

にっと笑ってみせるその姿に、南北は悟った。

「……こりゃあ、てめえの書いた芝居か？」

「何をとぼけた」

煙管の雁首で殴られて、思わず南北は後ろにたたらを踏んだ。そのよろけ足を受け止めたのは、悪人役者の長身だ。

「おや、高麗屋殿。なかなかそのつるつる頭、お似合いでございますよ」

「誰のせいだと――南北先生、こいつは確かに芝居でさぁ。この幸四郎に任しておくんなさい」

言うが早いか、止んでいた立ち回りの鳴物にツケが再び響き始めた。幸四郎は高麗屋格子の着流しを尻端折《しりばしょ》りで動きやすくし、黒の股引を穿いた脚をさらす。舞台袖に常備してある消火用の小さな天水桶につかつかと近づき、その隣で友九郎と半四郎に宥《なだ》められても目を腫《は》らしている芳三郎に微笑んで、前髪の頭を撫でた。

「芳坊、見とけ」

友九郎が持っている革羽織をひったくると、天水桶にざぶんとくぐらせる。右の手に濡れた羽織をぶら下げて、いかにも芝居でございといった風情で舞台に出ていけば御見物がしんとなる。誰だ誰だと目を皿のようにする客の中で、芝居通と思しき老人がいの一番に気づいて「イヨ高麗屋、鼻高ァ！」と声をかけた。

幸四郎はことさらに「ん？」という顔をして、團十郎と菊五郎の間に「あぶねえぞ、待った！」と腕ずくで割って入る。幾度か二人にどかされたが、團菊の刀が十文字に切り合ったのを見計らって革羽織を被せ、舞台の板に叩きつけた。

「お若えの待った、一番待たっせえやし！」

羽織を踏んづけて刀を押さえ大見得をすると、ツケ打ちが当意即妙にバッタリと合わせた。さっきの老人が「ええぞ、悪高麗！」と援護する。

「今度はじじいか」

「怪我するぜ」

退いた退いたとまた声が揃うのは、頭に血が昇っても二人とも役者だからか。幸四郎は二人の顔をキッとにらみ、息を整えて科白をつくる。

「いいや退かねえ、退かれねえのだ。花の吉原仲之町、争う比翼の稲妻を見かねて中へ飛び込んだ。江戸で名うての音羽屋に成田不動によく似た兄貴、どっちに怪我があってもならねえ。鼻の高えは悪人面、こっちも天下の高麗屋に似たる男と立てられた、坊主上がりの禿げ頭。毛ほどの遺恨も残さずに、さらりと預けてくんなせえな」

頭を撫でて言ったところで、刀に力はこもったままだ。

「いくらオジキの仲裁でも」

「抜いた刀をそのままにゃあ」

「嫌なら俺を殺していくか」

「さぁ」

「さぁ」

「さあさあ、さあ!」

早く刀を納めなせえやし、高麗屋自慢の黒光りする声で張り上げると満場の目という目が吸い寄せられる。下を見てまず團十郎と目を合わせ、その目を菊五郎に向け、(分かったな馬鹿野郎)と頷き合う。濡れた革羽織に手をかけて、「いざいざ、いざ」と合図をして羽織を肩にかつげば、二人も刀を持ってスッと立つ。バッタリとツケが入り、三人で大見得。拍手喝采、「高麗屋」の大向こうの中に紛れる「成田屋」「音羽屋」の声のほかは聞こえず、何事もなかったかのように芝居は戻った。幸四郎がツカツカと舞台の袖に引っ込むと、入れ違いに半四郎が再び出て芝居を進める。

「……余計なことを」

今助が煙管を振り上げると、幸四郎は煙草は結構と突っぱねた。南北に頭を下げ、友九郎に「悪いな、羽織を」と詫びて作者部屋に戻る。その背中を友九郎が追っかけたが、芳三郎は舞台を見つめてぽうっとし続けている。

「……てえしたもんだ」

芳三郎の頭の上から、南北がつぶやいた。今助は聞き逃さず、激昂する。

「何がです、どこがです!」

「高麗屋のやつ、なんつう度胸でえ……すっかりゴタゴタを芝居に仕立てやがった」

「……首の皮一枚つながったというものですな」

今助の嫌味に南北はけっ、と舌打ちをして、隅で固まっていた口上役を呼びつけて耳元でなにやらささやく。口上役は「いいんですかい?」と聞き返したが、南北が任せろと胸をぽんと打ったので力強く頷いた。

「何を言ったのですか」

今助は相変わらず、豪奢な服に似合わぬ暗い風情で南北を見張っている。「さあな」と返したちょうどその時、景気よい鳴物に柝が細かく入って幕が引かれた。芳三郎が南北を見上げて「じいちゃん、すごかったな！」と叫べば、南北は指を口に立てる。芳三郎は口をはわわっとふさぐ、その目に幕の外に出ていく口上役が見えた。

――東西。このところの芝居にて見苦しきことのございましたる段、伏して何《いず》れもさま皆さまにお詫び申し上げまする。ついては今日の木戸は皆々さま御免といたしますれば、代金を受け取ってお帰りくださいますよう、一座より申し上げまする、東西――

幕越しに聞こえる声にうんうんと頷かないのは、今助と芳三郎のただ二人。

「南北先生、貴方御勝手をなさいますな……」

今助が白い顔に青筋を立てる。芳三郎はさっぱりわからない。

「じいちゃん、どういうこと」

「お芝居がしっちゃかめっちゃかになっちまったから、木戸札のお代をお返しするってことさ、ねえ俵さん」

南北に代わって、舞台から降りてきた半四郎が答える。その後ろでは二人の侍がうなだれて、鞘に納めた刀を力なく持っていた。

「おう菊、成田屋。俺の部屋で待ってろ」

二人はへい、と萎《しお》れた返事をして、いさかいもなく廊下を消えていった。見送る南北の首に、銀延べ煙管が突きつけられる。

「先生の負けと、お認めになりましたな？」

「負けでもなんでもいいっての、俺ぁ御見物に不義理だけはしたくねえ」

「ならば給金は」

「好きにしろい。――ただ、どうも合点がいかねえよ」

南北の唇がねじくれるのを見て、今助は爪を弾いた。

「……どうかなさいましたか」

「あんまりてめえに都合が良すぎらあ。幕引き沙汰になるかならねえかの賭けで、たまたまあいつらの刀が本身に化けたってのか？」

その皺の寄った顎を、今助にぐっと突きつける。

「第一あいつらがまた喧嘩になったのも、互いの下手くそなところを弟子が聞いてきたからだっつうぜ――菊んとこの音之介に成田屋の、成田屋んとこの新吉に菊のケチつけたのはどいつかねえ……あいつらふたりとも、銀の延べ煙管がけむてえって言ってたな」

「……馬鹿馬鹿しい。所詮はつまらぬそらごと」

「そらごとでも嘘でもねえや！」

今助の後ろからけたたましく叫んだのは、松蔵だ。

「虫が知らして来てみりゃ、どんぴしゃかよ……先生、この松蔵が証立《あかしだ》てしやす。あの刀の出どころは尾張屋《うち》」

「手代風情が口を挟むな！」

「いいや挟むね！　憚《はばか》りながら玄人の端くれ、手代頭の松蔵でえ。芝居小屋を潰すようなチョンボしといて馬の耳に念仏じゃ、尾張屋の看板に傷ってもんだ!!」

松蔵が尻をまくってその場にどっかと座り込めば、南北も思わず手を叩く。

――今助の手からは、銀煙管がごとりと落ちた。

「今助、てめえ気づかねえか。こんなことして幕が途中で閉まりゃ、芝居小屋はおしめえさ。てめえの利鞘もすっからかん、それどころかお上からのお咎めもまぬがれねえってのに――弘法に筆、ちっとおつむが沸いたかえ」

薄黒く汚れた手で胸を押され、今助はその場に尻餅をつく。わなわなと震える手で煙管を拾い、天鵞絨の帯に突っ込んだ。

「給金は召し上げ、それだけだと思われますな。先生は私をコケになさった」

今助は手の震えをおさめて、眉ひとつ動かさず明日も芝居をしろと言いつけた。その立ち姿は、小袖の裾に染め抜かれた白蛇の鎌首のようだ。金糸銀糸縫い取りの絹羽織に塩でも撒《ま》いてやろうかと思いつつ、ぐっとこらえて誰もが見送る。

「ざまーみろ!」

静寂を不意に破ったのは芳三郎だ。さっきまで半四郎の足元で芝居に心を奪われていたこの小僧は、南北の前に小さいながらも仁王立ちで今助をにらんでいる。しかしこんな小僧に白刃を抜き放つ気は起きぬのか、今助は腰の井上真改に手もかけずそのままぬっと出て行った。途端に冬めく北風が一陣びゅうと吹いたかと思えば、春風に変わって桜が香る。

「芳坊、やるねえ」

半四郎が優しい声をかけると、芳三郎はくるっと振り向いてぴょんと跳ねる。南北は顎に小さな頭がぶつかりそうになって、慌ててよけた。

「おう、どうしたどうした」

「じいちゃん、芝居ってすげえな、おもしれえな、かっけえな！」

芳三郎の目がきらりきらりとしている。その言葉で、舞台の袖に集っている役者衆裏方衆何人の口元が緩んだかわからない。

「そうか、そんじゃ役者になるか？」

南北が問えば、ぶんぶんと首をふる。

「じいちゃんがいっとうかっこよかった！　おいら、芝居書きになる！」

じいちゃんの弟子になるんだ、そう言って芳三郎は南北の手をつかんだ。墨の汚れがところどころ染み付いた、五十年近く書き続けてきた手だ。

「あら、よかったねえ俵さん。こんな可愛い弟子が出来てサ」

「……べらぼうめ、こいつが一人立ちする前にくたばっちまわあな」

憎まれ口を利いてはみたが、額の皺が緩んでいるのは隠せない。こういうガキがいる限りは、芝居も書けば金も遣う。それが作者の、芝居町のありようだと、この場の皆が知っていた。

大久保今助が芝居小屋の金主の務めを降りたらしいと読売がふれ回ったのは、この年の暮れのこと。その後も今助らしき人相の男が芝居小屋の裏手をうろついているとも風の便りに聞くが、あの金銀絹布のぞろりとした白蛇の着物には誰も出会っていない。

「死んだところで構やしねえ、やっとまともな興行にならあ」

今度こそ華やかに團菊の共演だ、それに名優や若女形まで一度に板の上にのせれば御見物も万々歳。南北の芝居のタネは、尽きないどころか今助と別れて弥増《いやま》すようである。

時はくだって幕末の安政七年正月、市村座で「三人吉三廓初買《さんにんきちさくるわのはつがい》」なる芝居が幕を開けた。二人の盗人が刀を抜いて争う間に坊主頭の盗賊が割って入ることで始まるこの話、作者は筆名河竹新七《かわたけしんしち》のちに黙阿弥《もくあみ》、本名を吉村《よしむら》芳三郎という。

連《れん》理《りの》松《まつ》四《よつ》谷《や》怪《かい》談《だん》

「殿中《でんちゅう》だ！」

南北《なんぼく》が煙管《きせる》でぴっしゃりと菊五郎《きくごろう》の額《ひたい》を打った。その菊五郎の手には、今にも投げつけられそうな茶碗が握られている。

「うるせえ、この日本一のツラをしなびたナスビといっしょくたにすんねえ！」

「ぬかしゃあがれ、このくそ暑いのに雪降らす馬鹿よりはマシでえ」

南北は年甲斐もなく、菊五郎を睨んでもういっぺん叩いた。その隣では、團十郎《だんじゅうろう》が大汗をかきつつ南北に助太刀《すけだち》だ。

「聞いたこともねえや、真夏に火事羽織で討ち入るなんざ！」

諸肌脱ぎに渋柿団扇《うちわ》でばっさばっさ、その音が響く夏も夏、真っ盛り。江戸中の老若男女が浮き立つ季節は、火事が減ってお江戸の華を喧嘩に譲り渡す時節でもある。ここ堺町《さかいちょう》は中村《なかむら》座、江戸の芝居の大元締もかくの通りであって――三階の広い楽屋には煙もうもう、老いても錆《さ》びぬ血気の南北まで入った騒ぎは小屋の外まで聞こえ、若女形《わかおやま》の条三郎《くめさぶろう》が駆けつける頃には蝉の声もひゅうと消えてしまった。

「ちょっと、いったい何の騒ぎ⁉」

「おう粂、よく来た！　このジジイが俺にバケモノやれってんだ」

「嘘八百もすさまじいわさ。粂、こいつを信じようもんなら勘当だぞ」

「先生落ちついて……ねえ、どういうことだい？」

埒が明かないと思ってか、粂三郎はぺったり座って團十郎に水を向ける。團十郎は頬の蚊をぴしゃんと団扇で叩き落とした。

「なに、菊がいかれたんでえ」

「いかれた……？」

「夏芝居に『忠臣蔵《ちゅうしんぐら》』やるんだと」

「言ってねえやそんな与太！」

菊五郎の手刀で払い落とされた団扇を拾いながら、「おまけに物覚えもトンチンカンか」と團十郎は苦笑いだ。粂三郎も、「菊さん、この暑さで五臓六腑《ごぞうろっぷ》までとろけたの？」と怪訝顔。その受け答えに菊五郎はますます茹《ゆ》であがり、南北はなるべく煙草盆の火種を己《おのれ》から離して一服した。

「菊、いい加減に観念しねえか。俺っちは旦那のお付きの小僧から確かに注進受けたんだぜ」

「やかましい狸親父！　この菊五郎様も旦那の小僧から聞いたんでえ、てめえが俺様の麗しい御尊顔をぼろきれみてえに崩しちまうってよ！」

「それこそ言った覚えもござらず候だわ」

「うるせえ耄碌《もうろく》ジジイ、おめでた頭！」

南北のゴマ塩髷《まげ》を見下ろして言い捨てると、菊五郎は障子の向こうに消えていった。床板を踏み抜かんばかりの足音は、あっという間に段梯子を下りていく。南北は珍しく煙草をひと息に呑み、もう一服つけた。

「……もうなにがなんだか！」

突然の喧嘩場にくたびれたか呆れたか、条三郎はその場に横になってしまった。が、今度は重いものがどすどすと段梯子を上がってくる地鳴りがしたので、思わず飛び起きた。その足音の主がばあんと障子を開け放つと、どこか汗臭い。

「な、南北先生、こ、こちらでしたか……」

「旦那!?……どうしなすったね？」

男は随分走り回ったと見えて、懐《ふところ》から羽《は》二重《ぶたえ》の手拭いを出して無造作に額の汗を拭った。この汗の元種は、旦那旦那と呼びつけられるにぴったりな太鼓腹。酒の飲み過ぎか飯の食い過ぎか、いずれにせよ金がたんまりあるこの中村座の座元《ざもと》である。南北はこの文政八年から中村座で筆を執《と》り、稼ぎと評判はうなぎのぼり。あの今助《いますけ》もどこぞに身をくらませて、おまけに暑さに負けぬ大入り続きとくれば――内輪が天狗になるのも、また無理はない。

「お、音羽屋《おとわ》さんは、どちらです……」

「天狗小僧の話なら、よしにしてくんな!!」

南北がぷいとそっぽを向いて煙管をくゆらせ始めたので、座元はその場に崩れて「ああ……こりゃ遅かりし由良之助《ゆらのすけ》でございましたか……」と大嘆息だ。

「遅かったたあ何がでえ」

「……いえね、私の責めでございますが、うちの小僧どもがとんだご迷惑を……」

座元が頭を畳にすり付けると、上等な高麗縁《こうらいべり》がどこか輝くように照り返った。

「もはや言い訳ですけども、夏芝居のご希望は音羽屋さんが『忠臣蔵』、先生が顔の崩れた幽霊の怪談物、こりゃ逆さまで不倶戴天《ふぐたいてん》――どうすりゃいいとうっかり小僧の前でぼやいたものですから」

「へえーっ……それで可愛い小僧がご注進、俺っちと菊が大喧嘩かい」

南北は自分に言い聞かせるように嚙んで含めると、煙管をポンと放り出した。

「てめえそれで詫《わ》びてるつもりか、とんだ嘘をつきゃあがって……菊はどうだか知らねえが、俺はあいつの顔を崩す芝居なんざ書くともやるとも言ってねえぞ、おい」

常は好々爺《こうこうや》の南北がここまでドスの利いた声を出すのは、怒りと暑さのせいであろう。ならば座元が豆鉄砲を喰らったような顔をしているのも、暑さのせいであろうか。

「――待ってくださいましよ、先生。おとぼけなさっちゃいけませんでしょう」

「とぼけても老いぼれてもいねえや」

「いや、先生。小屋の外の看板、お忘れになったので?」

中村座の外には、数日前から凧《たこ》が掲げられている。その凧には目元が腫《は》れただれた生首が描かれ、江戸っ子はいったいどんな芝居の宣伝かとぞわぞわしているのだ。この奇妙な看板が掲げられたのは、南北が座元に「この夏はぐちゃぐちゃのツラした幽霊でも書きてえな」とつい言ったから――

「……まあ、お忘れも無理じゃございませんが。あの時、ゆうに三升《さんしょう》はおあがりでしたからなあ」

「先生、呑みすぎ」

条三郎に窘《たしな》められて、南北は開いた口が塞《ふさ》がらない。ならば菊五郎の言いがかりは真《まこと》であったのか――眉間《みけん》に皺寄せ、煙管を拾った。

「おい旦那、そんなら菊の野郎も」

「『忠臣蔵』をやりたい、そう仰《おっしゃ》ったのをはっきりと伺いましたよ。先生と呑んだのが五日前、その翌晩に音羽屋さんとさし向かい、こっちも三升入れたような……？」

「なら絶対忘れてんだよ、あの人バカだから……もう！」

首をひねる座元を横目に、条三郎が障子を開けて菊五郎を探しに飛んで行った。座元はその足音を聞きつつ、あぐらに崩して冷や汗だ。

「先生、なんとかなりませんか……」

「なんとかたあなんだよ。他の芝居ならいざ知らず、夏に赤穂《あこう》浪士の討ち入りなんざ野暮だぜ」

南北は煙管を灰吹にガンと打ち付けた。菊五郎がやりたいらしいのは古典の傑作『仮名手本《かなでほん》忠臣蔵』だ。伯州《はくしゅう》の大名・塩冶《えんや》判官《はんがん》が、幕府の重職・高師直《こうのもろなお》に虐《いじ》められて斬りつけてしまい切腹沙汰。ついには判官の家臣が高師直の屋敷に討ち入り首を取る。

世にいう「殿中松の廊下刃傷《にんじょう》」「赤穂浪士討ち入り」を、『太平記』の時代に置き換えたのがこの芝居。必ず大入り札止めになる、芝居の世界の万能薬だ。

——しかしこの『忠臣蔵』、物語の山場は雪降りの冬真っ盛り。

「そりゃあ先生が夏は怪談、怪談は南北というほどとは存じておりますが……あちらさんも、ヘソを曲げられてはなにかと……」

「なんでえ、菊が怖《こえ》えのか」

「怖い段じゃございません、ありゃ狐憑《きつねつ》きでございますよ！　呑んで目が据わってからは、この夏は忠臣蔵だ忠臣蔵だと回らぬ舌でぐるぐると……」

座元はそのでっぷりした頬を青く染めつつ続ける。

「忠臣蔵は初代の菊五郎さんが江戸を離れた時の芝居、音羽屋さんには縁起でもないと申し上げても聞く耳持たず。それどころか『べらぼうめ、やらねえなら江戸を捨てるぞ』と、その憎らしい顔と言ったら判官さまを虐める師直公のようで」

「め、めんどくせえ、追い出せ、よ……」

いくら平静を取り繕っても、天下の團十郎の団扇が震えているのは明らかだ。

「そうも参りません。こんなことで出ていかれては、小屋の稼ぎが」

座元はますます五体に熱湯の汗を流し、畳に食いつき南北に訴えた。

「じゃあ俺っちに書くなってか」

「そうは申しませんが……どうにかなりませんか」

「菊に説教か」

「それもまた……どうぞどうにか」

折しも天道様が中天にさしかかり、三人のいる楽屋は蒸し風呂。老いてもぼけぬ頭が、つい狂った。

「ええ、忠臣蔵と怪談だ！　ふたつまとめて書いてみせらあ‼」

綸言汗《りんげんあせ》の如《ごと》し、覆水盆に返らず。それからというもの、南北は産みの苦しみに取り憑かれた。忠臣蔵の怪談。これが南北の頭に居座って離れない、しかし古稀過《こき》ぎた知恵袋をひっくり返しても何も思い浮かばない。飯を食っては忠臣蔵、煙管を咥《くわ》えては怪談物、作者部屋を歩いては塩冶義士、便所に入っては雪隠《せっちん》幽霊——ブツブツ呟いている様は、もはや南北が化け物かのようだ。

そのくせ菊五郎との喧嘩は静かにたぎっており、口をきかないその様は「菊五郎さんが祟《たた》られたんだと」と成田《なりた》屋の新吉《しんきち》が言い、「南北先生が狐に憑かれたんだと」と音羽屋の音之介《おとのすけ》が言い。

「結局なんにも思いつきゃしねえ、夏のもんと冬のもんを合わすのが無茶なのか、それとも俺っちが昼行灯《ひるあんどん》なのか……どうにかうまい知恵はねえか、粂」

團十郎に聞いても、重鎮の幸四郎《こうしろう》に聞いても、全くネタは浮かばない。自分から言い出した手前今さら無理だと言うのも癪《しゃく》だし、菊五郎に聞く気はさらさらない。作者部屋に呼び出した最後の砦《とりで》は、売り出しの若女形だ。

「だと思った、この岩井《いわい》粂三郎におまかせあれ！……と言いたいのは山々だけど、先生が無理なものはあたしにも無理です」

涼やかにそう言うと、粂三郎はニッと微笑んだ。

「そのツラぁなんだよ」

「あたしにも無理。……でも、この子たちなら？」

条三郎はあやめの浴衣の裾を引いて障子を開け、向こうを手招きした。するとおずおずと黒絽《くろろ》を着たひとりの娘が顔を出したかと思えば、その子を飛び越えるように牡丹《ぼたん》散らしの薄羽織の娘が部屋に入ってきた。

「久しぶりね、南北！」

「ご無沙汰してます……」

「……誰かと思や大口屋《おおぐち》のお杏《あん》嬢、それに松風屋《まつかぜ》のお浪《なみ》坊か！」

いつぞやの助六《すけろく》騒動以来しばしば南北に会いにくるこのふたりも、このところはとんと見えなかった。忙しいのは大人になった証《あかし》だろうと南北も思っていたが、どうも変わったのは姿かたちだけらしい。

「ちょいと見ねえ間におめえら、別嬪《べっぴん》になりやがって」

「そういう南北、シワが増えた？」

「お杏ちゃん！」

「増えねえでか！　ほんとに中身は変わらねえな、いまだに五郎十郎《ごろうじゅうろう》でよ！」

南北は気ままなお杏と静かなお浪に会って、いっときは産みの苦しみも忘れ去った。江戸の芝居の人気者・曾我《そが》兄弟にも似たふたりは、お杏が弟の五郎よろしく南北に近づくのをお浪が兄の十郎よろしく制し、芝居そのままに座布団に直る。

「それで、何しに来たんだえ？」

「へへー、これっ！」

お杏がにっこりと南北に紙の束を突き出せば、「ちょっと、お行儀悪い」とお浪が止める。

「先生、あたしたち条さんから忠臣蔵の怪談のこと聞いて——それで、考えてみたんです」

そう言うとお浪は自らも紙の束を持ち出し、お杏の分も綺麗に整えて南北の前に読める向きで差し出した。お杏の方には「忠臣蔵人形あそび」、お浪の方には「塩冶判官振袖姿」と書いてある。ところがどっこい、南北は眉に唾《つば》した。

「おめえたちがぁ……？」

「お疑いですか、先生？　この子たちを疑われたら、あたしの立つ瀬がない。読むだけでいいから読んでくださいよ」

条三郎は南北の背中に回り、肩越しに朝顔の団扇でさあさあと促す。これには南北も笑いがこぼれ、文机《ふづくえ》に手を伸ばして眼鏡を拾った。

「読むだけだぞ」

負うた子に教えられのたとえもあると、南北の目はまずお杏の書いた方にそそがれる。しかし当のお杏は、南北が読み終わるのを待ちきれないようだ。

「どう、面白い？　判官も師直も古い人形なの、洒落《しゃれ》てるでしょ！」

「まだ読めてねえよ」

「舞台は老舗《しにせ》のお人形屋さん。その家にはしきたりがあってね、春になると蔵から伝来の若い男とお爺さんのあやつり人形を出して、当主自ら人形芝居をするの。筋立ては当主が考えるんだけど、この年はいやみなお爺さんが若い子を折檻《せっかん》する話でね」

「なんでえ、松の廊下じゃねえか」

「そう！　で、ここからが工夫なんだけど、そのお店は徳川屋《とくがわ》っていう屋号で、ご当主は綱吉《つなよし》っていうの」

「できるか、んなもん‼」

とっさに投げ捨てた紙の束を、お杏が「なんで〜」と唇を尖《とが》らせて拾い上げた。

「刃傷松の廊下はご公儀がけしかけたってのはあくまで噂だろが。そんな芝居かけたらすぐにお奉行さまがすっ飛んでくらあ——所詮は小娘の浅知恵かよ」

「先生、ご挨拶がすぎます！　それならあたしのも読んでもらわないと」

珍しく南北がついた悪態に、今度はお浪が進み出た。その静かな剣幕に南北は、気が乗らないながらも紙束をぺらりと一枚めくる。そこには、昨今江戸中で売れまくっている読売が控えていた。

「——お浪坊、こりゃあ」

「先生も知ってるでしょう？　この間噂になった、戸板の死体」

どこぞの旗本の妾《めかけ》が下男と間男し、二人とも主人に斬り殺された。死体は戸板の裏表に釘付けにされ、神田川から本所砂村隠亡堀《ほんじょすなむらおんぼうぼり》まで流され——奇怪なこの事件はたちまち江戸中に広まった。

「おう、世事からネタを取るのは狂言作者のイロハのイさね。そんでこいつをどう捌《さば》く？」

南北が身を乗り出すと、お浪はしてやったりとばかりにニヤリ。

「判官さまが女の子なんです」

「はあ⁉」

そのまま頭からこけそうになるのを、南北は危ない膝でぐっとこらえた。が、お浪は至極当然かのように大真面目。かたやお杏と条三郎は笑いを隠すのに必死である。

「判官さまは色白の二枚目でしょう？　絶対女の子にできます。します。しないとあたし許さない」

「――皆目わからねえが、昨今そういうのが流行ってんのか」

「それで判官ちゃんが可愛いから、江戸中の男が口説きにくるんです。でも判官ちゃんは悪者の師直さんが好きなんです。だけど師直さんは別の女の子に振られたばっかりで、腹いせに判官ちゃんをいじめて殺すんです、かわいそう」

「息も継がずに喋るな、第一泣くな」

「師直さんは下男の死体と判官ちゃんの死体を戸板の表裏に打ち付けて川に流してごまかすんです。そのあと師直さんが釣りに出かけると、戸板の判官ちゃんが水底から上がってきて祟るその顔、あたしそれだけでごはん三杯」

「帰ってくれ」

これには南北も口の中でお題目だ。その様子を見てとって、条三郎が「ふたりとも、甘いものでも食べに行こうか」と誘う。

「甘いもの？　行く！」

「何かお店あるんですか？」

「たしか水天宮《すいてんぐう》さまのところに、桃売りが来てたはず――先生にも買ってきましょうか？」

思わぬ水を向けられて、南北は間抜け面をさらしてしまう。

「俺ぁいいよ、豪勢なもんは性に合わねえ」

「あらあ、流石《さすが》は世話物の立作者《たてさくしゃ》♪」

「どういうこった、お杏嬢」

「怒んないでよ、褒《ほ》めただけ。ね、粂さん？」

「そうだね……長屋と幽霊を書かせたら日本一、ってことでしょう？」

そう言って粂三郎は部屋をあとにし、ふたりの娘も追いかけて出ていく。褒められたんだか何だかよくわからない南北は固まっていたが、言われた言葉がなぜか頭に渦巻いて離れない。

「……待てよ……ご公儀が黒幕……判官が娘っ子……長屋の忠臣蔵？」

産みの苦しみという霧が、少し薄くなった気がした。


「ほれ」

三階の稽古場の広間に会するは、座元に作者に役者連、唄方地方道具方《うたかたじかた》、衣裳床山《とこやま》その他よもやまである。幸四郎・團十郎・粂三郎・菊五郎といった綺羅《きら》星のごとき役者を前に、いっとう上座に座を占めた立作者・鶴屋《つるや》南北の手から、ぽんと分厚い紙束が放り出された。

「この度の夏芝居、ひとつは『仮名手本忠臣蔵』。もいっちょが俺の書き下ろしで、『東海道四谷《とうかいどうよつや》怪談《かいだん》』。二本立てで文句はねえな？」

「なーんでえ、南北が忠臣蔵の怪談書いてるって聞いたのによ。できなかったんか」

静かな広間に、菊五郎の悪態が響いた。「音羽屋さん！」と座元が止めても、馬耳東風のどこ吹く風である。

「申し訳ございません、なに文句などありましょうや……音羽屋さん、お詫び！」

「知ったことか、ジジイが書けなかったのが悪い」

座元がでんと腹の肉を擦り付けて頭を下げても、菊五郎は黒紗《くろしや》の長羽織を脱ごうともしない。

その様子に南北はひとつ、くあとあくびをした。

「いいってことよ、このアンポンタンは芝居でこき使って詫びさしてやらあ――いいか、『四谷怪談』は忠臣蔵の裏話、忠臣蔵の怪談よ。だから忠臣蔵と一緒にやれば御見物はもっと楽しめる」

ただそういうだけの「ご趣向」をやりてえのさ――南北が言うと、稽古場中がざわめく。そのざわめきをよそに、南北は新作の骨組みを語り始めた。悪名高い塩冶家の浪人・民谷伊右衛門《たみやいえもん》は、妻のお岩《いわ》と駆け落ち同然に一緒になっての貧乏暮らし。ところが夫婦の住む四谷の裏長屋の、そのまた裏の金持ちの伊藤《いとう》屋敷が曲者《くせもの》だった。当主の伊藤喜兵衛《きへえ》なる老爺《ろうや》が、お岩に毒薬を飲ませて顔を崩し、さらには伊右衛門の眼《まなこ》を山吹色の小判にくらませ孫娘と縁付けたのだ。それから夫婦の仲は崩れ去る。伊右衛門は伊藤になびいてお岩を捨て、かたやお岩は毒薬で顔を醜く崩され、己を騙《だま》した伊藤家と捨てた伊右衛門への怨《うら》みは骨髄《こつずい》……

「民谷伊右衛門、伊藤の血筋、怨み晴らさでおくべきか、ってな」

どこからか一陣のひやっこい風がヒュウと吹いて、女形連が黄色い声を上げた。ひときわ身を乗り出して聞いていた團十郎は、首をひねってさらに南北に近寄る。

「……面白えけどよ、それが『忠臣蔵』の裏か？」

「なんだおめえ、分からねえのか」

「塩治の浪士が出るだけじゃつまんねえぞ」

「塩治の浪士だけじゃねえ、判官もいれば師直もいる――松の廊下に決まってらあな」

朝顔の団扇を使っていた枲三郎が、あっと合点した。

「それじゃ先生、伊右衛門お岩は伊藤家にあやつられて、お岩は伊右衛門にいじめ倒されて下男と戸板の裏表？」

「おー、ご明算ご明算。だから御見物にわかりやすく、二本立てでやるのさ」

これには思わず満座がざわめく。筋立ての素晴らしさはその場の皆に伝わり、座元など口あんぐりで固まった――その口がゆっくり、もごもごと動く。

「先生、そのお話は……どこから思いつきましたんで？」

「ああまあ……さる筋から、な」

「――左様ですか、いやあまりに天下一品ですもので、ついご無礼を！」

座元は勢いよく頭を下げると、そのまま顔を上げようともしない。

「おいおい旦那、顔を上げねえよ……菊五郎、忠臣蔵の怪談だぜ、これで文句はあるめえな」

目尻の皺《しわ》が見据える先の二枚目面は、歯を割れんばかりに食いしばっている。

「文句があるなら口で言いやがれ」

南北にあしらわれ、ついに菊五郎はつかつかと障子に近寄り手をかけた。

「顔崩れの幽霊なんざこれっきり、俺の負けでえコンチクショウ……お役はお受けいたします、文句は一切ごぜえやせん！」

そのまま向こうに消えていくのは、天魔か鬼か幽霊か。

「あんな役渡しがあるか、天邪鬼《あまのじやく》が。天狗にでも取り憑かれたようだな」

幸四郎が目を閉じてこぼす。座元はようやく顔を上げ、ほっと胸を撫《な》で下ろしたかのように汗を袖でぬぐった。

「いやあ先生には、なんとお礼を申しましょうやら……しかし、音羽屋さんとはまだ喧嘩で？」

「たりめえよ。あの跳ねっ返りの化け物が詫びる筋こそあれ、俺っちにゃ微塵《みじん》もねえ」

南北は煙管に火をつけて、静かに一服して皆を見回す。その目は、團十郎に向いて止まった。

「そんじゃあ成田屋、おめえが伊右衛門な」

菊五郎は天邪鬼ではあっても、楽屋の揉め事を舞台には引きずらない。いまだに南北や役者とはギスギスだが、稽古に来れば手も抜かずにお岩はじめ三役を演じ分け、團菊《だんきく》の伊右衛門・お岩の夫婦話がどんどんおどろおどろしい色味を帯びていく。こうなれば南北の心配は、役者連にはない。

初日が十日後に迫ったころには、むしろその心配は裏方に向いていた。

「勘蔵《かんぞう》どんよ、まだ仕掛けはできねえのかい」

「へい、申し訳ごぜえやせん、なにしろ複雑極まりねえもんですから……」

「かつら屋の友《とも》さんはとっくに早替わりに使うかつらこさえてくれたんだが」

「南北先生、きつうごぜえやすよ……あちらさんはあちらさんじゃありやせんか」

今日も今日とて南北は大道具方の作業場に詰め、長老ながら現場に立つ勘蔵を急《せ》かしているのだ。もとより怪談芝居は見物の度肝を抜くようなとんでもない仕掛けだらけだが、今度は絶無の筋書きだから並大抵の仕掛けでは南北も満足しない。おかげで勘蔵はじめ大道具の衆も、作っちゃ壊し壊しちゃ作りでへとへとである。南北の突拍子もない注文にも色々あるが、柱に刀をぶっ刺せねえかだの、仏壇の中からお岩の幽霊が出て来れねえかだの――

「わかってくだせえ、仏壇幽霊だって無理だ、宙吊りが関の山でさあ」

「できねえ言い訳聞きたかねえや、大提灯《おおぢょうちん》燃やしてその中から幽霊は」

「何遍《なんべん》も言いやした、そんなめらめら火ィ焚《た》いたらお奉行さまにとっ捕まりやす！　手水鉢《ちょうずばち》の中から出てくるんで勘弁してくだせえな」

普段は温厚な南北だが、流石に鬢《びん》の毛を無造作にかきむしる。

「てめえらやる気がねえってのか、俺っちもこれ以上我慢はできねえぞ。せめて戸板の仕掛けくれえまともにこさえたんだろうな？」

お浪の持ってきたネタは、南北にかかればこの通りだ。伊右衛門がお岩の死骸と下男の死骸を戸板の表裏に打ち付け、間男したから成敗したとうそぶいて川に捨てる。その後、本所砂村の隠亡堀で伊右衛門が釣りをしていると、戸板が流れ着いてくる。そこでお岩と下男を菊五郎が早替わりしようというのだ。

「それこそめちゃくちゃでさあ、戸板の表と裏にいるのがどうして早替わりできんです」

「べらぼうめ、それを考えるのがてめえらの役目――もうてめえじゃ埒《らち》があかねえ、棟梁出せ、勘兵衛《かんべえ》呼べ！」

勘蔵の皺の体を南北の皺の手が突きのけ、させじと再び勘蔵の皺の足が南北の皺の脛《すね》を蹴飛ばし、のいた待ったのいた待ったとどったんばったん。大道具の作業場に響き渡る金槌《かなづち》の音も重なって、そこらのネズミがチュウチュウと逃げていく。さながら芝居の合戦の場、立ち回りのような音の波の向こうから、ぬっと大入道が現れた。

「殿中でござるぞ、お控えめされ師直公！」

野太い大音声に喝破《かっぱ》され、南北と勘蔵の小競り合いが止む。あたりの金槌の音もひたと静まり、職人という職人が道具を置いて頭を下げた。どこからか戻ってきたネズミも、ちょこんと座ってじっとしている。

「勘蔵、おめえらは仕事に戻れ。師直公、いざござれ」

頭を丸めた男の体は、仁王のようにがっしりとしている。十五の歳より道具方勤め、木場と芝居小屋を材木を担いで往来し、トッテンカンと槌を振るってきた経験は伊達ではない。身の丈六尺に目方は二十五貫、この大男こそ勘蔵たち大道具方を束ねる棟梁・長谷川《はせがわ》勘兵衛である。

「棟梁、なんだって俺っちが師直だ、あんな陰険ジジイと一緒にすんない」

「南北先生、あんたにゃ悪いが優男の判官さまと同じには見えねえ――皺の入り具合を見ねえな、師直公にそっくりだ。ここは俺の御領地、おまけにあすこの隅にゃ松の廊下の道具、殿中で御騒動はよしておくんなせえよ」

肩肘張った喋り方はどこへやら、ちゃきちゃきの江戸言葉でまくし立てる勘兵衛には南北も敵わない。作業場の隅の一間に通され座布団に座ると、勘兵衛がなにやら染みのある紙を持ってきた。

「なんでえ、こいつは？」

「先生ご所望の、新作の仕掛けの」

勘兵衛が言いかけにもかかわらず、南北は平手で畳をばんと打つ。

「まぁたできねえ言い訳か⁉　もうな、ここの勘蔵どんから嫌っつうほど聞いたわ！」

「いや新作の仕掛けの」

「ああわかったわかった、もう諦めたってての！　どうせ戸板の仕掛けもできやしねえんだな、てめえらの知恵は所詮そんなくれえなんだろ、構やしねえよこのボンクラども！」

「――その、戸板の仕掛けの図面でさあ」

勘兵衛がさも楽しげに少し舌を出す。南北は畳を殴りつけようとした右手を、宙に浮かせたまま見つめる。

「先生、その手は何ですねえ」

勘兵衛は舌先で上唇を舐《な》めまわした。南北の年季の入った目玉は、右手と勘兵衛とをうろちょろするばかりだったが、やがて懐に目をつけ、右手を突っ込んだ。

「べ、べらぼうめ――この眼鏡を出そうとしたんでえ」

口角が上がる勘兵衛をよそに大仰に眼鏡をかけて、南北が紙をしげしげと眺めれば、言い訳ではなく新作の仕掛けの様子をいちいちに図面に詳しく書きつけてある。中央に鎮座する戸板に大きく、「お岩下男ふた役　音羽や」と人の絵が棒と丸で描かれている。その周りは隠亡堀の川っぺりの道具、ちょうど伊右衛門が上から戸板を見下ろす形だ。南北はひとしきり見て眼鏡をしたまま勘兵衛に向かって図面を押し頂き、ハハーと芝居がかって頭を下げる。

「ありがたしかたじけなし、流石は天下の棟梁殿だなあ」

「この長谷川勘兵衛、一世一代の大仕事よ。――そいつの仕組がどうなってんだか、絵図面でわかるか？」

得意げな勘兵衛に、南北は今度は図面をじっくりと読み解き始めた。年寄りの目のせいかだいぶ時間がかかる。そのうちに、部屋の障子がからりと開いた。

「――なんでてめえがいやがる、ジジイ」

ひとつつえずいてみせて、退散退散と菊五郎はそのまま障子を閉めようとする。しかしその障子と壁の間に勘兵衛の隆々たる腕が突っ込まれては、いかなる障子も開くほかない。

「なんだ音羽屋、そんな帰ることたあねえだろ！　何の用かは知らねえが、まずはこれ見ろこれ！」

南北の手からひったくった図面を、勘兵衛は菊五郎の鼻先に差し付けた。菊五郎はそれを見て、また踵《きびす》を返そうとする。勘兵衛はその行く手を急いで全身で遮《さえぎ》った。

「おい、そでねえ真似すんなよ。どうだ、棟梁さま渾身《こんしん》の戸板返しの大仕掛け！」

「――何が何だかわからねえ」

「わからねえ？……よし、絵でわからねえなら言って聞かせてやろう！」

「聞きたくねえ」

勘兵衛の図体でも暖簾《のれん》に腕押しばかりはどうしようもないのだが、大男は総身に知恵がまわりかね。かえって燃えてきたようで、南北の方へ菊五郎を突き飛ばした。その大力に尻餅をついてなお、菊五郎は南北を見もしない。ただ勘兵衛に「何すんだ!!」と激昂《げっこう》するばかりである。

「やかましい丸太ん棒！　ぜってえここから出るんじゃねえぞ、てめえにもわかるようにありがたーく教えてやらあ！　先生、こいつを逃がすなよ！」

そう言い捨てて勘兵衛は鉄砲玉のように作業場へ消えていき、一間には南北と菊五郎とが差し向かいで残ってしまう。

「――棟梁は喧嘩のことなんざ知らねえ、図面くれえ見てやれ」

「お生憎《あいにく》だね、てめえと一緒にいるのは稽古だけで腹一杯よ」

もはや何で喧嘩しているのかもよくわからなくなってきたが、互いに詫びる筋合いがない。芝居の世界で何十年も泥水を啜《すす》ってきた南北も、己の腕ひとつで大看板に登りつめた菊五郎も、おいそれとは退《ひ》けないのだ。菊五郎が出て行こうとすると、南北が棟梁を待ってやれと止める。また少し経つと腰を上げかける菊五郎を南北が止める。はたから見たら馬鹿か狐憑きにしか見えないありさまが延々と続き、ただ時ばかりが流れて四半刻《しはんとき》にもなろうか。

「――もう耐えらんねえ、今度こそ出ていってやる」

「だから棟梁を待てってんだ、あいつの顔を潰《つぶ》す気か」

「うるせえやい！」

南北を一瞥《いちべつ》して出て行く――その途端に障子がばあんと開き、あやうく菊五郎はこけかけた。

「棟梁、てめえ何してやがった？」

「なあに先生、こいつを見ねえな！　ほれ座れ音羽屋、絵でも耳でもわからねえ木偶《でく》の坊にゃ、人形芝居で教えてやらあ！」

勘兵衛は作ってきた人形を木箱から出し、並べてさっさかと戸板返しの仕掛けを組む。南北は仕方なく菊五郎に座布団をすすめた。


文政八年七月二十八日の朝早く。江戸堺町中村座に、美しく着飾った二人の娘が揃った。

札差《ふださし》大口屋の娘お杏は藍地に牡丹の染め振袖、杏葉牡丹《ぎょうようぼたん》を縫い取った帯に三升《みます》をかたどるかんざしで成田屋贔屓《びいき》のそのいでたち。かたや呉服商松風屋の娘お浪は黒振袖に菊花散らし、斧琴菊《よきこときく》の柄帯を締めて四ツ輪のかんざしときたらこれは音羽屋の贔屓だ。この二人が小屋の屋根にかかる團菊の看板を眺めては並んでおしゃべりに興じているなど、まさに呉越同舟である。しかし彼女たちもさして目立っているわけでもなく、ドンドンドントコイの一番太鼓もまだなのに中村座の周りは黒山の人だかりだ。「成田や殿へ　不動講より」と書かれたのぼりと競うように、「菊五

郎丈へ　ひゐき与利」と染め抜かれたのぼりが宙に舞っている。

「二日目でこれなら、初日なんか入れないわ。今日にしてよかった！」

「昨日のご招待、お杏ちゃんが棒に振ったのに!?」

南北が二人に渡した招待の木戸札は、なぜか二枚ずつあった。お杏の元に二人分まとめて初日・二日目の二枚が二組、しめて板切れ四枚。お使いの作者見習いは芳三郎《よしさぶろう》という小僧、南北からの言伝《ことづて》は何もないと言う。これは南北が間違えたのか、それとも都合の合う日に来いという気遣いか――よくわからないままに、芝居狂いの二人は初日に行くはずだったのだが。

「あたしは誰かさんと違って昨日も早起きしたから、すっごい眠いんですけど」

「だからごめんって～」

昨日の二十七日は初日、お浪はとびきりの振袖で中村座に着いた。しかし袖は裂けるわ足は踏まれるわの人波を耐えつつ、待てど暮らせどお杏は来ない。仕方なく小屋の向かいの茶屋で涼んでいたら昼四つの鐘、とっくに芝居は始まった。あたしの分、木戸札もらっとけばよかった……と天を仰いでも始まらない、そのうちに向こうから奉公人体の男が駆けてくるのが見えた。

「あたし、誰かと思ったのよ。そしたらあんたのとこの伝八《でんぱち》さん！」

大口屋の奉公人の伝八は、「お、おかみ、茶ぁ一杯くんろ……」と息を荒げて飛び込んできた。その茶で喉を潤《うるお》してひと息つくと、お浪に向かってまくし立てる。

「いやーっ、芝居町ちゅうのはえらい人出じゃ、いまだに迷うやら押し戻されるやらでどうもならんべ……遅くなってすまね、うちのお嬢さまから言伝だべ」

寝過ごしたけえ明日にしてくんろ――それを聞いたお浪、とびきりの暑さに倒れそうになった。

「許して許して、今日のお菓子代もつからさ」

「……ならいいけど」

そうこうするうちに一番太鼓で小屋が開き、安席につながる鼠《ねずみ》木戸には長屋の衆がどっと寄せてミシミシ音を立てている。二人は招待で桟敷《さじき》席の上客だから、混雑を尻目に悠々と芝居茶屋から乗り込んだ。上客を接待する芝居茶屋も流石に南北の新作怪談だけあって並の混みようではなく、若い者から亭主までコマネズミのように立ち働き、客が常連かどうか確認する暇もなさそうである。もっとも娘二人は茶屋がお目当てではないから、さっさと小屋に入って桟敷に陣取った。お浪は席に残って茶屋の若い者から菓子の重箱を受け取り、その間にお杏は役名の書かれた番付を買いに行ったが、大した混みようである。

「番付売り切れてたんだけど⁉」

「うっわー……まあまずは『忠臣蔵』でしょ、なくても平気よ」

「そーね、あとで持ってきてくれるらしいし」

お杏は桟敷に腰を下ろし、重箱を開けて菓子を眺めた。「忠臣蔵」の最初は、荘重な鳴物が三味線抜きで奏でられる中でゆっくりゆっくり幕が開く。鼓《つづみ》の音に身を委ねて客もゆっくりたっぷりと、鷹揚《おうよう》な気分で見物だ。

「だからってお菓子食べ過ぎ」

「いいでしょ、あたしが出すんだから」

「……あたしの分とっといてよね」

お浪が言うが早いか、チョーンと幕開きを知らせる柝《き》の音《おと》が響く。これを合図に典雅な鳴物が
――雑多にチントンシャンと始まった。

「え!?」

二人の娘が声を揃えて驚いたのも束の間、三味線に大太鼓を合わせた安手の鳴物で幕がすーっと開き、目の前には棕櫚《しゅろ》の葉が生い茂る土手っ端の舞台が広がる。奥には卒塔婆《そとば》が何本も立てられ、何一つ「忠臣蔵」ではない。昨日も来たと思《おぼ》しき客から、「ようよう大道具、大棟梁長谷川ぁ！」「今日も大仕掛け頼むぜ！」と声が飛ぶ。

「……お浪ちゃん、これって？」

「……なんにもわかんない」

「し、失礼いたします、番付でございます」

お杏とお浪が額を突き合わせ戸惑っている後ろから、ぬっと番付を持った若い者の手が伸びた。

「ちょっと、『忠臣蔵』は？」

お杏の綺麗な丸顔に睨まれて、若い者は思わず息を呑みその場に膝をつく。

「本日は二日目、『四谷怪談』三幕目からでございますが――」

「どういうことですか!?」

瓜実顔のお浪にも澄んだ眼で責められて、若い者もたじたじだ。

「で、でしたらお嬢さま方は、初日には」

「来てないわよ?」

「……あい分かりました、そういう方が本日いくらかはいらっしゃいますので」

ご説明いたします、と若い者は番付を広げてみせる。

「昨日よりの夏狂言は『忠臣蔵』と『四谷怪談』、これを交互にお目にかけます作者・南北の趣向でございます。まず昨日初日に『忠臣蔵』の頭より六段目、並びに『四谷怪談』の三幕目『本所砂村隠亡堀の段』の『だんまり』まで。本日二日目は『四谷怪談』三幕目、同じく『隠亡堀の段』より二作の残りをつとめます——昨日のあらすじは番付に」

芝居を妨げぬようにすらすらと静かに喋って、若い者は茶屋へ消えていった。

「えっ、なら二日続けて来ないと……言っといてよ南北!!」

お杏が小声で叫べば、お浪もうんうんと頷き舞台から目を外す。その刹那《せつな》、ヒュウドロドロと恐ろしい風の音が轟《とどろ》いた。

舞台の川辺で釣りをする、市川團十郎扮《ふん》する色悪《いろあく》・民谷伊右衛門。その竿《さお》の下に流れついたは一枚の戸板。覚えがあると引き上げて、表を覆《おお》う菰《こも》を取れば——

「怨めしや、伊右衛門どの」

「てめえはお岩、化けて出たか!」

菊五郎演じるお岩の亡霊が、世にもおぞましい顔で笑いながら團十郎の伊右衛門を恐怖に突き落とす。菰をかぶせて裏に返せば、やはり見たことのある男の着物。顔に張りついた藻を引き剝《は》がせば――

「旦那さま、どうしておらを」

「おのれ、主人を怨む気か！」

　菊五郎が二役目、下男に一瞬で早替わりだ。見物もぐっと息を呑むやら、「音羽屋！」の掛け声を降らすやら。これこそ「四谷怪談」仕掛けの白眉《はくび》、戸板返し。裏では大道具の勘蔵が明かりを灯し、菊五郎がせっせせっせとかつらと化粧を変えているのは秘密である。お杏はその絵面《えづら》に思わず目を背《そむ》けたが、お浪はぐっと身を乗り出して戸板を見つめた。

（あれが判官ちゃん……？　あたしの考えたのよりずっとすごいや、おぞましいのになんだかあわれ……）

　お浪が観入っているうちに再び戸板には菰がかけられる。

「俺など怨まず、さっさと仏になりゃあがれ！」

　團十郎の伊右衛門が大声で叫び、三たび菰が落ちるとそこには骸骨。黄色い悲鳴が小屋中から上がったが、それは骸骨のためばかりではない。隠亡堀の水門から、菊五郎があざやかに三役目の塩冶義士・佐藤与茂七《さとうよもしち》となって登場――ついさっきまで顔の崩れた幽霊だったのが白塗り二枚目の義士となり水もしたたる菊さま本領発揮、涼やかな姿にお浪は目も心も釘付けだ。そのまま「だんまり」のご趣向となり、暗闇の中で伊右衛門と与茂七たちがそろりそろりと探り合う様子を見せる。その途中で与茂七の持つ密書が幸四郎演じる通りすがりの漁師に拾われ、伊右衛門は不意の闇に動じることもなく最後は舞台が明るくなって熱狂のままにまずは幕。

朝っぱらからこんな大仕掛け大芝居をやられては、二人の娘はもとより小屋中の皆の目が覚めないはずがない。それから先は日暮れまで一筋道、「忠臣蔵」の七段目から十段目までを大顔合わせで見せたと思えば「四谷怪談」のどろどろ話に逆戻り。ついには民谷伊右衛門、うらぶれたあばら屋でお岩の亡霊に祟られ祟られ（もちろんこの道具も長谷川組の大仕掛け）――あれよあれよのうちに舞台はくるりと回って「忠臣蔵」の大詰、めでたく夜討。

「方々《かたがた》、勝鬨《かちどき》！」

「エイ、エイ、オウ‼」

討入の義士に扮する役者の鯨波《とき》の声に、御見物から「音羽屋！」「成田屋！」「日本一！」「芝居の神さま！」などと讃《たた》える声が乱れ飛ぶ中で幕となる。

ところがどっこい幕となっても、ものすごい芝居に殺された二人の娘は腰がぬけっぱなしだ。

「……めっちゃくちゃよかった！」

お杏が堰《せき》を切ったように叫んだ。

「くやしいよ、なんで昨日寝坊したんだろ！　こんなにすごいなら『四谷怪談』の最初もすごいし、松の廊下もすごいに決まってるのに！」

「あたし、恋する判官ちゃんが見たい！　お杏ちゃん、明日も行こ？」

「……無理でしょ、大入りだよ？　木戸札が余ってるわけないって……あー、ほんとごめん……」

お杏がうつむいてしまえば、お浪も同じ思いで幕に閉ざされた舞台を見つめた、その時だった。

「もし、こちら南北よりお二人さまへと」

最前の若い者が、紫の帛紗《ふくさ》に包まれた板を渡してきた。開いてみて二人が思わず叫んだ、その声は南北にまでも届いたという。

中村座は芝居町開闢《かいびゃく》以来の大入りだ。あまりの人出に怖気づいたか、座元などかえってナスビのように顔が青ざめている。しかし三日目にしてなお、菊五郎と南北は喧嘩をやめようともしない。南北の加勢にすぎぬ團十郎などは「かえって芝居がしやすくていい」と呑気だが、おおかたの芝居小屋の衆が冷ややかなふたりの争いにぞっとするのも尤《もっと》もだ。大道具の長老の勘蔵などは信心深いから、「化け物芝居はこいつが怖えんでさあ、先生、お願えですから音羽屋さんとお祓《はら》いに……」とブツクサ言い出す始末——しかし御見物はこんな内情はつゆ知らぬ、三日目の小屋も初日二日目をゆうに凌《しの》ぐ大繁盛だ。

江戸中の評判となった驚天動地の芝居は、朝早くに「仮名手本忠臣蔵」で幕が開く。荘重に始まり、第一の見ものは三段目の喧嘩場「松の廊下刃傷」だ。幕府の重職・高師直は、若き大名・塩冶判官の奥方に横恋慕。その奥方に出した恋文の返事を見れば、つれない断りで胸くそが悪い。その返事を持ってきた判官が目の前にいるものだから……

「世間知らずを井戸の中の蛙《かわず》とも鮒《ふな》とも申す。判官、そなたは鮒に似ておるのう？　おお、そのツラは鮒そのままじゃ、鮒だ鮒だ、鮒侍だ！」

皺だらけの老爺にげらげらと笑われツバまでかけられては、こらえにこらえた判官もたまらない。ついに刀を抜きかけると、「殿中だ！」。

「殿中でお腰の刀を抜けば家は断絶、そなたは切腹じゃ、ご存じか？」

「存じおればこそ、貴様を殺して！」

抜いた刀の一閃《いっせん》は師直の額に向こう傷をつけただけ。取り押さえられた判官は四段目で浅葱《あさぎ》の死装束、無念の切腹。これから家臣が仇討ち目指して奔走する五段目六段目でひと区切りだ。

そうして昼を越してから、ようやく二番目「東海道四谷怪談」である。伊右衛門お岩が一緒になり、二幕目は雑司ヶ谷四谷町の民谷伊右衛門浪宅、浪人夫婦の貧乏暮らし。夫婦は隣家の伊藤喜兵衛の掌《てのひら》の上で思い通りに転がされ、お岩の顔が崩れるやら、伊右衛門がお岩をいじめ倒すやら。中でも菊五郎演じるお岩が全てを知り、髪を梳《す》きお歯黒をさしてお礼参りに向かう矢先に死んでしまい、すぐさま菊五郎は下男に早替わり――という一連の流れは南北の芝居づくりの才がこれでもかと発揮されて大評判だ。この場になると大道具の作業場からネズミが上がってきて、幕だまりで芝居を見物するというからよっぽどである。


「ほんとすごい大入り……菊さん、いい加減仲直りしたら？」

二幕目上演中の楽屋では、次の出番まで間がある粂三郎が風呂上がりの髪を梳いている。その横では菊五郎が化粧変えだ。さっきまではまともな顔をしていたお岩が、どんどん青ざめていく。菊五郎の鏡の前には、特別にこしらえた目元の腫れ物つきのかつらが鎮座している。

「馬鹿ぬかせ、俺が詫びる筋合いなんざどっこにもねえや」

菊五郎は唇を紫に塗りながら言った。

「そうかもしれないけどさ。結局自分の言ったことを忘れて、お互いにののしってただけだろ」

「べらぼうめ、よし俺が『忠臣蔵』やりてえなんて旦那に言ったとしてもよ、それくれえでカーッとなるあのジジイが短気短慮、アサハカっつうもんでえコンチクショウ！」

「だったらあんたも怪談くらいで怒りすぎだよ」

条三郎は呆れ果て、朝顔の団扇で投げやりに菊五郎の膝元を叩いた。すると菊五郎の顔はたちまちひきつり、かつら無しでお岩の幽霊ができそうになった。

「怪談くれえで誰が喧嘩するか！　条、てめえ役者の商売道具知らねえのか⁉」

「え……？」

「ジジイがこの菊さまの業平《なりひら》もかくやの御尊顔を崩そうとしたのが悪い、詫びはそっちからしに来やがれバーロー‼」

菊五郎の荒っぽい手は、お岩のかつらを払い飛ばす。条三郎は慌てて拾い上げ、丁寧に埃を拭って仕掛けの腫れ物を見つめていたが、ふと顔を上げた。

「そうかなあ……」

「なんだよ」

「あの南北先生が、そんな子どもみたいな嫌がらせするとは思えないけど」

「は？」

「だってお岩さまっていいお役でしょう、やってて楽しいんじゃない？」

条三郎のひと言に、化粧を直す筆が止まった。

「そもそも顔を崩して舞台に出すなんて、よっぽど藝《げい》と話に自信がなきゃできないはず。先生は菊さんを信用してるから、こういう芝居にしたんだと思う」

この「四谷怪談」の大元は三つしかない。隣家の伊藤喜兵衛にあやつられる伊右衛門お岩の夫婦、松の廊下の見立てである伊右衛門のお岩いじめ、そして戸板の趣向。それらがどこから来たか小屋で唯一承知している条三郎には、南北手ずからの工夫がどこなのか、どれほど見事かはっきりわかるようだ。

「まあ、ふたりとも謝る理屈はないんだろうけど……喧嘩してる理屈もないように見えるよ、あたしには」

まったく意固地は可愛いね——そうぼやく条三郎の横で、菊五郎は黙ってかつらをつけて世にも恐ろしいお岩の姿となる。ちょうど舞台では團十郎の伊右衛門が伊藤喜兵衛の企みでお岩を捨てると決めて、貧乏長屋に戻ってくる頃合いだ。

弟子の音之介が「師匠、出番っす」と呼びに来たので、菊五郎は病人のようにふらふらと立ち上がった。

楽屋で何を話していようと、舞台に上がればもう菊五郎はお岩である。喧嘩相手の南北に味方する團十郎の伊右衛門が相手でも、芝居の間は心底惚《ほ》れてみせる。伊藤の屋敷から帰ってきた伊右衛門にいじめ倒され、質に入れるのだと鼠色の着物まではぎ取られ、おまけに生爪まで剝がされて長襦袢《ながじゅばん》一枚で貧乏長屋に取り残されても、民谷伊右衛門の女房という矜持《きょうじ》でどうにか立ち続ける。

そこに〝菊五郎〟はいない、いてはならないのだ。

伊右衛門の性悪は度を越し、よく家に呼ぶ按摩《あんま》の宅悦《たくえつ》という男を脅してお岩と密通させようとする。間男をでっちあげてお岩を追い出そうとする企《たくら》みだが、この宅悦が臆病者。お岩を口説いてはみるものの、顔を見た途端にぎゃあと叫んでお岩に鏡を押し付けた。それを見て己の顔が崩れたと初めて知ったお岩は――

「着物の色合い、髪の形、これが私の顔かいなあ……」

「お岩さま、この宅悦が全て隠さず申しまする、これには作者がおりまする……！　お前さまも伊右衛門さまも、皆お隣の伊藤喜兵衛殿の掌の上で……」

伊藤の家から貰《もら》った毒薬も、伊右衛門と喜兵衛の孫娘との祝言《しゅうげん》も、べらべらと震える舌で一部始終を白状してしまった。かくなるうえはいくら病人といえど、お岩も黙ってはいられない。

「せめて女の身だしなみ、お歯黒つけて髪も梳き、伊藤一家にお礼参りを」

と、支度をするのが「四谷怪談」随一の見せ場「お岩の髪梳き」である。唄方に美しく物悲しい調べの独吟《どくぎん》を唄わせてお岩がお歯黒をつけて髪を櫛《くし》で梳く、その髪が抜けていくさまは恐ろしく――

しかし演じる菊五郎にとっては、ややもするとお岩から〝菊五郎〟に戻ってしまう大変な場面である。いざ行かんとした矢先に、柱に刺さっていた刀で喉を突いて死んでしまう最期までひとつとして気が抜けないのだ。そこで、お岩の気持ちにひたるためにブツブツと捨て台詞を即興でこしらえ、宅悦相手に芝居をしながら髪を梳く。

「惚れたが因果か、悪い男と知りながら……のう、宅悦殿」

「さ、左様でござりまする」

結い上げられたかつらの髪をほどき、前に垂らして櫛を入れる。

「怨めしいは伊藤喜兵衛じゃ、あの男さえいなければ伊右衛門どののご機嫌、いつかは直ったであろうに……」

「左様で、ご、ござりまする」

「ものの見事にあやつられ、夫婦の仲も真っ二つに裂かれたは……わたしゃ悲しいわいなあ」

「しゃようでごじゃりましゅる、しゃようで……」

独吟の半ばで、髪が抜け始める。その髪を抜くときに、少しだけ〝菊五郎〟が顔を出した。

（……待てよ、伊藤喜兵衛がいなけりゃ、伊右衛門お岩もこうはならねえ……？）

櫛を通しては髪を払ってお岩になろうとしても、髪を抜くたびに〝菊五郎〟は大きくなる。

――喧嘩してる理屈もないように見えるよ、あたしには。

最前の条三郎の言葉が、目元の腫れ物に響く。

（喧嘩の理屈もねえのが喧嘩するなら、そいつは黒幕がいて……）

「お岩さま……？」

宅悦がたまりかねて声をかけた。独吟も終わって髪を戻し、櫛をしまって立ち上がる。その柳のような立ち姿に満座の御見物が息を呑むが、〝菊五郎〟は気づかない。行く手を宅悦に止められて思わず抜けた髪を握りしめると、血潮《ちしお》がぼたぼたぼた……

「ひいっ！」

（喧嘩のご利益をたんまり持っていく輩《やから》が、裏にいる……？）

宅悦の震え声も耳に入らない。そのまま揉み合いへし合いする間も、〝菊五郎〟は消え去らない。ぐるりと回った拍子に柱の刀に喉が刺さり、いざ絶命の瞬間。

（――わかったぞ――）

〝菊五郎〟の悟りは、お岩の恐ろしい笑顔となって現れた。

そして今日もお岩は戸板に打ち付けられ、三幕目の「隠亡堀の段」で芝居は終わる。早々に江戸中の名物となった戸板返しを見んと客が詰めかけ、菊五郎のお岩が姿を見せると大喝采だ。戸板を裏返して下男となり、菰をかぶせて死体が骸骨になるその裏では、三役目の塩冶義士・佐藤与茂七に姿を変えた菊五郎が息を整えている。その脇で蠟燭《ろうそく》を灯しているのは大道具の勘蔵だ。

「音羽屋さん、支度はよろしいですな？」

「ちょっと待て。かつら良し、衣裳良し、化粧良し、俺の顔良し！」

「密書はお持ちで？」

「案じなさんな勘蔵どん、ちゃーんと懐にへえってるよ」

「よし、参りますぞ！」

勘蔵の合図で隠亡堀の水門が開き、菊五郎の与茂七は舞台に消えていった。この早替わりが終われればもう幕を待つだけと、勘蔵はその場に腰を下ろして一息――その尻の下で、くしゃっと紙の音。嫌な予感がして立ち上がり、蠟燭を近づければ果たせるかな小道具の密書である。

「おい、おいおい、どうするどうする！」

勘蔵が焦《あせ》ってもわめいても、舞台の上には届かないし密書を渡す手立てもない。今頃菊五郎も密書がないと気づいて冷や汗ものだろうと勘蔵は案じた。

しかし、舞台の上の菊五郎は平然たるものだ。いかにも堂々と「俺の懐には密書が入っているんだぜ」という体《てい》で芝居をするから、御見物はおろか舞台の上の團十郎も気づかずにそのまま芝居は進んでいく。その密書を拾う漁師役の幸四郎も気づかないようで、いつも通りに右手を出して受け取ろうとした。菊五郎の与茂七は暗闇でふと密書が心配になり、取り出したところを漁師に奪われる、という手筈《てはず》なのだが。

（……ん？　こいつ、さては）

幸四郎も伊達《だて》に何十年も役者稼業をしているわけではない。差し出した右手が空を切ったので、こいつ忘れてきたなと合点した。仕方がないと割り切って、喧嘩なんぞに興じるから本業がおろそかになるのだと嘆息し、右手を突き出して菊五郎の与茂七とすれ違う。

ところが菊五郎は幸四郎の傍をすり抜けると、團十郎の伊右衛門に近寄って急に懐を探り出した。そんな手筈は決めていない、一切稽古もしていない、驚いたのは團十郎である。

（てめえ、またいきなり工夫かよ!!）

予想だにしない椿事《ちんじ》に團十郎は固まり、その大きい目玉が白黒した。菊五郎は懐から何やら取り出すと、御見物に見えるように團十郎の袖に突っ込んだ。思わず團十郎が袖を探ると、巻紙である。

（密書か⁉）

睨んでみせても菊五郎はすぐに役に戻り、塩冶義士・佐藤与茂七として暗闇を歩き始めた。團十郎は芝居をしながらも袖の中の紙が気になってしょうがない。第一無理矢理突っ込まれたものを見ないのもおかしい、幕切れに明るくなったら広げて読まないと伊右衛門として格好がつかない。御見物もあれはなんだとワクワクしているだろう。しかし読んでみて、密書だったらどう辻《つじ》褄《つま》を合わせれば良いだろうか？

（この野郎――）

考えて固まっているうちに幕切れの合図で、小屋中がパッと明るくなる。こうなればにっちもさっちも、ええいままよと巻紙をざらりと広げれば、そこには見慣れた菊五郎のミミズ文字。

「あんだこりゃ！」

「どうしたと！」

思わず叫んだのを、菊五郎の与茂七に制される。しまったと思ってももう遅い、何か気の利いた幕切れの科白を……と思いついたのは、松の廊下刃傷の原因の一通。

「……こりゃ忠臣蔵のほうの手紙、それも師直の恋文だわ」

苦し紛《まぎ》れにひねり出した言葉に、客がどっと笑って幕となった。

その夜、三日目の夜は暑かった。

暮れ六つを過ぎてもやたらと蒸し暑い江戸の夏は、草いきれに紛れて出てくる幽霊にはうってつけである。しかし、でっぷりとした男には大敵であろう。

この中村座の座元も、全くその例に漏れない。今宵は中村座の三軒隣にある行きつけの料理屋「ひちりき」で座敷を借り切ってせっかくの夕涼みだというのに、体はじとじと汗ばんでいる。とっくに酩酊しているそのありさまは、座敷の上品さに似合わない。

「それで……話とはなんですかね、音羽屋さん」

大儀そうなあぐらの座元に差し向かいで、菊五郎はきちっと膝を折って座を占めている。風呂上がりにわざわざ髪を結い直し、浅葱の単衣《ひとえ》に黒紗の長羽織の涼しげないでたちだ。

「へい、旦那にご無礼とは存じますが——ちっと、聞きてえことが」

「ご遠慮には及びませんから、早く仰ってくださいましな」

座元がきゅっと冷や酒をあおっても、菊五郎は一滴も入れずにしらふのままである。今宵ばかりは酒を入れてはいけない、前後不覚はもうこりごりだ——目の前の鯉の洗いは、まかり間違えば己の末路。

「……旦那、何を企んでいなさる？」

「企み？」

座元は身に覚えがないと見えて、酢味噌にからしを足している。菊五郎は羽織を脱いで綺麗に畳むと、大息を継いだ。

「あっしと南北のおやっさんを喧嘩させて、何を企んでいなさるのかと」

座元の箸の先から、鯉の洗いがぽとりと落ちた。この座元がおいそれと神妙にするはずはない。ぬらりくらりのなまず男だ、こっちも毒薬を呑んだ気でかからねば——と菊五郎は衿の合わせを直し、座布団を払いのける。

「間違えなら申し訳ありやせん、でもそうとしか思えねえ。この喧嘩の大元はあっしが『忠臣蔵』をやりてえと、おやっさんが俺の顔を崩してえと言い出したこと——ただ、あっしらお互えにそんなこと言った覚えがねえんでさあ。しかもふたりとも酒の呑みすぎで忘れっちまったとやら、こりゃどんな芝居よりも出来すぎじゃごぜえやせんかね」

両の拳を畳について座元の様子を窺《うかが》えば、箸を置いてさも落ち着いたように盃に手酌をしている。盃をふるわせながらその一杯の酒を腹におさめると、座元は菊五郎に向かって身を乗り出した。

「……誰から聞いた」

「誰からも聞いちゃおりやせん、あっしの当て推量でごぜえやす」

「与太をこくな、音羽屋。南北も誰から聞いたか言わなんだが、伊藤何某《なにがし》をこのわしに見立てて笑うのだ。『四谷怪談』はわしらへの当てつけに決まっとる！　さあ言え、誰が漏らした」

「ですから本当に誰からも！」

菊五郎の慌てぶりに、座元ははっとして静かに座り直す。そうしてもう一杯手酌で呑んだ。

「そうか、そうか、おまえさんの推量……なら、そいつは間違いだよ。このわしがそんなこすっからい真似をするものかね」

「旦那、まだ言い訳をしなさるかい」

菊五郎の刺すような物言いも聞かず、座元は鯉の洗いを胃の腑《ふ》へ放り込んだ。

「何を言うか、わしは知らんぞ。ただおまえさんらが勝手に喧嘩をしたまで。こちらは難儀した立場じゃないか」

「とぼけやがんな、くそ狸！」

「あんまり怒ると二枚目が台無しだ、まあ一杯おあがりよ」

差し出された盃を、菊五郎は投げ捨てた。

「べらぼうめ、そんなんで騙される俺じゃあねえや！　どんな肚《はら》かは知らねえが、俺とおやっさんに喧嘩ぁけしかけたのはてめえだろ、さっきのうろたえぶりが認めてらあ！」

菊五郎のまくし立てる勢いに、座元は眉をひそめて黙りこくった。そのまま部屋の空気が張り詰めて、一瞬の睨み合いも一昼夜にも感じられる。

――その静寂は、不意に破られた。

「えー、按摩、按摩よーい」

「お、按摩が来たか、按摩こっちだ、頼もうか！」

菊五郎の目つきに耐えきれず、座元は渡りに船とばかりにそそくさと呼び込んだ。すると障子をがらりと開けて、やたらと目の大きな有髪《うはつ》の按摩がぬっと入ってきた。

「お邪魔を、按摩の文遣《ふみづか》いでござんす」

「成田屋、えらく遅《おせ》えじゃねえか」

菊五郎が悪戯《いたずら》っぽく笑みを浮かべる。入ってきたのは按摩とは名ばかり、「四谷怪談」の芝居では按摩をこき使っていた伊右衛門の團十郎である。

「悪《わり》い、おめえの字が読みにくくてよ」

「あんだと？」

ふたりの間には喧嘩のけの字もなく、ただ談笑――その様子を見て合点がいかないのは座元ばかり。

「成田屋さん、お珍しい……按摩だなどと言わずとも、市川《いちかわ》團十郎でございと仰ればお通ししますのに。それに音羽屋さんとも仲直りでございますか」

「へい、喧嘩の道理もありやせんから」

「それはまあ、誠にお目出度《めでと》う御座《ござ》いますな」

座元の声はことさらに低く夜の闇に紛れそうだが、かすかに歯軋りが混じる。その音を聞いて團十郎は手をポンと打ち座を正した。

「おっと、仕事を忘れちゃいけねえ」

「仕事ですと？」

「旦那にさる筋から、お手紙！」

すっと差し出す巻紙は、團十郎の袖の形に曲がっている。

「人の手紙を曲げるとは……まあいい、拝読いたしましょうか」

座元は何の気なしに巻紙を手に取って、ざらりと広げた。そこには勢いまかせの下手な字が綴《つづ》られていて、とても一目では読めない。

「なんだなこの字は……お待ちくださいよ」

座元が懐から眼鏡を取り出すより早く、團十郎は巻紙を拾い上げた。

「そんなら読んで進ぜやす！　ひとつ、此度《こたび》の喧嘩、申し訳なきことにて候《そうろう》、それがしもおやっさんも座元の掌の上、転がされていると見抜き候――」

「黙りおれ、若造！」

座元の顔色がお岩のように青ざめ、低い声はキンと跳ね上がった。しかし團十郎はびくともしない。

「黙りやす、旦那。そんで続きは菊が」

「あいよ！　任せねえな、講釈ばりに読んでやらあ！」

座元の手より先に、菊五郎の手が巻紙を奪い取る。これは「隠亡堀の段」で團十郎の手に渡ったあの手紙、中身は菊五郎の気づいた真実でびっしりだ。南北と菊五郎の喧嘩の原因は、ふたりが言ってもいない要望を座元がでっちあげたことであり、それを小僧に吹き込んで言いつけさせたのも座元。目論見《もくろみ》通りに喧嘩となり、南北と菊五郎に隙間風を吹かせたその狙いは何か――推量の鍵は、座元がおののいた「四谷怪談」の筋立てにある。

「おそらく伊藤喜兵衛と伊右衛門お岩のごとく、裏であやつり仲違いせしめ、それがしはじめ役者連とおやっさんを各々《おのおの》ばらばらに致した上、私腹を肥やさん企みと推察致し候。それがしは座元に事の真偽を問い詰めるゆえ、助太刀願い候——恐惶謹言《きょうこうきんげん》、尾上菊五郎！」

「よっ、音羽屋ァ！」

團十郎がはやせば、菊五郎もよせやいと微笑む。かたや座元の太い腹も、ぐうの音も出なくなった。

「さあ旦那、文句があるなら口で言いなせえやしよ。ねえならねえと、ひと言ほしいもんだねえ！」

菊五郎が皮肉たっぷりに言えば、座元は顔を憎らしげに歪《ゆが》めて肩を震わせている。その長い沈黙の後に、からからと澄んだ老爺の笑いが響いた。

「でかしたでかした、大でかしだぜ、おめえら！」

障子の向こうからの声は、この場の誰もが知っている。ゴマ塩頭を綺麗に結い上げた南北は、座元の横にひょいと座るとおもむろに煙管で一服し、煙を座元に向けて吹いた。座元はたまらずゲホゲホと咳き込んだ。

「な、何をなさいます、先生」

「先生呼ばわりよしてくれ、てめえなんぞより猿知恵の伊藤喜兵衛の方がまだ上等さね」

「——これだから芝居町の衆は困る、行儀も知らぬたわけ者めが！」

座元が居直って南北の頭を平手で叩くと、整ったゴマ塩髷《まげ》が曲がる。團菊は思わず飛び掛かろうとした。

「仰々しい、控えおれ！……なにが江戸の立作者に名役者だ、とどのつまりは筆耕《ひっこう》風情に河原乞《こ》食《じき》。それが一味同心して言いたい放題やりたい放題、給金も無相応に千両万両――ああ馬鹿馬鹿しい。忠臣蔵か怪談かなんぞ、貴様らを同士討ちでばらす口実に過ぎんわ！」

そうすれば手も汚れず、稼ぎはそっくり丸儲けよ――どぶ色の目玉をぎらつかせて頬を緩める座元に、南北は失笑だ。

「負け犬の遠吠えご苦労。俺っちはじめ、作者役者がいなけりゃ小屋もただの箱だぜ？ そうなりゃてめえもただの因業《いんごう》親父のくせに、よく吠えるのう」

「ほう、その小屋がなければ飯が食えぬ身で、よく徒党を組むのう！ この小屋はわしの城、聞きわけの悪い首をすげ替えるなど朝飯前だぞ？ ま、はっきり言ってわしらはおまえらが好かんのだよ！」

「その『ら』ってなあ何でえ。てめえは四面楚歌、師直も同然じゃねえか」

「ん⁉……やかましいわい、井戸の中の鮒どもめ。小屋の中だけで極楽極楽と生きた身が、三尾まとめて放り出されてくたばるか、そうかそれもよかろう！」

「んだと⁉」

たまらず菊五郎が、そばに落ちている盃を取って座元の額にばしん。見事に当たって向こう傷から血が、たらたらたら――

「殿中だ」

座元は甲高くおちょくるように言い捨てて、足音もなく消えていった。南北は鼻で笑ってもう一服つける。

「何が殿中でえ。判官でもあるめえし、役者が死装束で切腹になってたまるかよ」

南北が煙を吐く横で團十郎は徳利を引き寄せ、「悔しけりゃ祟れ～」と直《じか》に酒をあおる。菊五郎は盃を拾うと、浅葱の単衣の上から再び黒紗の長羽織を羽織った。

中村座の正面、「尾上菊五郎」の名題看板に、「当興行を以《もっ》て太宰府《だざいふ》参詣の為江戸の地を離れまする御名残《なごり》の興行　暫《しば》しの別れにて候」と書かれた看板が付け足されたのは、その夜のうちのことである。

盟《かみかけて》信《しん》が大《たい》切《せつ》

「あんだって？」

流石《さすが》に耄碌《もうろく》したかと聞き返す。

「ですからその……太宰府《だざいふ》に参りやす。そのお暇乞《いとまご》いを」

菊五郎《きくごろう》が畳に頭をすりつける、その向こうには脂顔。耳は遠くなりもせよ、目は澱《よど》まないこの南北《なんぼく》にはよく見える。

「菊や、おめえの話は後だ。俺ぁそこの旦那に用がある」

「まあまあ先生、ここは音羽《おとわ》屋さんの話から」

「ぬぁーにが『まあまあ』だ、馬鹿野郎」

でっぷりとした座元《ざもと》の腹を一瞥《いちべつ》して、南北は煙管《きせる》を灰吹に打ちつけた。ひりつく気配はすさまじく、蜩《ひぐらし》の音もぴたりと止む。古い台帳を整理していた芳三郎《よしさぶろう》など、作者部屋から脱兎のごとく逃げ出した。

「やってくれやがったな、てめえ……お岩《いわ》さま打ち止めにする気かえ」

「夏芝居は夏で終わり、当たり前じゃございませんか先生？」

文政八年夏芝居、中村座《なかむらざ》の『東海道四谷怪談《とうかいどうよつやかいだん》』は大入り続き――しかし、三日目の夜を境に座元は姿をくらました。小屋に掲げた「尾上《おのえ》菊五郎」の名題看板に「太宰府参詣の為江戸の地を離れまする御名残の興行」云々《うんぬん》としたためたのは、所詮いたちの最後っ屁……南北も菊五郎も誰も彼も、そう思って疑わなかった。

「あの音羽屋さんが太宰府に参詣したいと仰《おつしや》る。人さまの信心を妨げるわけにもいきませんでしょうに」

大入り続きとはいえ、初日から一月半を経て九月の半ばにもなれば熱狂も客足も少しは落ち着いてくる。その機に乗じて座元が菊五郎を連れて作者部屋に押しかけ、菊五郎を土下座させたと思えば太宰府参詣――これで嵌《は》められたと分からないなら、もう楽隠居した方がいい。

「やかましい、このでぶ鮟鱇《あんこう》」

「私が鮟鱇なら、先生は切り干しか何かで？」

「なんでも構やしねえや、とりあえず外せ!!」

南北が手元の茶碗を投げつけると、座元の足元で砕ける。座元はさも面白げに、茶碗のちりを払ってがらりと障子を開けた。

「お好きになさいませ。音羽屋さんの旅駕籠《かご》はとっくに支度しておりますよ、唐丸籠《とうまるかご》をね」

座元はだみ声でげらげらと笑い、部屋を後にする。南北は塩持ってこいと叫んだが、芳三郎もいなければ弟子のひとりもいない。ここにいるのは、南北と菊五郎ばかりだ。

「おい菊よ……おめえの男っぷりを肴に煙草呑ませろ、面《つら》上げろい！」

茶めいた科白に菊五郎は座布団にかけ直し、南北を見た。その顔は、かつら要らずでお岩さまができそうだ。

「……なんでこうなるのかねえ、おやっさん……」

座元の策略恐ろしく、東風《こち》吹かばと詠む間もあらばこそ——中村座の正面にはでかでかと「四谷怪談昨日打ち止め候」と墨書した看板が立ち、さながら城の明け渡し。座頭《ざがしら》という城主だった菊五郎は西へ向かって死出の駕籠、もはや死んだも同然だ。知らずに芝居町を訪れた客という客が失望するやら、怒るやら。菊さま贔屓《ひいき》のお浪《なみ》など小屋の前で癪《しゃく》をおこして卒倒し、お杏《あん》が必死に水を飲ませて介抱したという。

「それで、責めは老いぼれに負わせたのですか」

「ええ、ご安堵くださいましよ。読売におあしを握らせて、音羽屋が南北と喧嘩して出立を早めた体《てい》で書かせたんですから」

まあまずは一献、と座元が差し出した銚子は無言で断られた。ここ料亭「ひちりき」には無用の長物《ちょうぶつ》を弾《はじ》く音が、鈴虫を押しのけて二階の座敷に響く。

「その賄賂を差し引いても——見事、利鞘はこちらの大勝、と」

五玉をぱちりと弾きおさめて、上座に座る男は算盤《そろばん》の絵面《えづら》をしげしげと眺めた。月光のさす窓から、ほのかに秋風が入って部屋を涼やかにしている。

「これほどの名月の夜なら、滑川《なめりかわ》の松明《たいまつ》もいるまいに。落とした銭十文を探すのに満月を待たず、五十文で松明を買おうとは馬鹿の振る舞い――そうでしょう、中村座さん」

「何もかも仰《おお》せの通りでございますねえ、大久保《おおくぼ》先生」

大久保何某《なにがし》という男は、芝居町には幾人もいる。しかし先生と呼ばれた男の声、口調、何もかもまさしく――

（なんで、今助《いますけ》がここにいんだ）

かの大久保今助が座元と不思議の密談をしている隣座敷では、ゴマの髷《まげ》を浅葱《あさぎ》の手拭いで隠して南北が聞き耳を立てている。中村座の楽屋口をどすどす出て行った座元を追って、「ひちりき」まで忍んで来たのだ。目の前の膳にはぬる燗《かん》のひやおろしとむかごが並んでいるが、そんなものはただの小道具。愛用の煙管ひとつを相方に、わずかたりとも聞き逃すまいと鬼の形相だ。

しかし南北がいるとは夢にも思わないから、今助は盃を拾って今度こそつぐようにと促す。座元が素早く酌をすれば、一杯くっと呑んで算盤を払った。

「ご覧あれ、中村座さん」

今助は万の位にいくつか玉を入れて、座元に見せる。

「これがひと芝居分の実入りのすべて。ここから材木などを買い付ける費用を引いてこの通り」

酒の癖にも色々あるが、算術上戸というものは珍しい。座元も初めてお目にかかったとみえて、閉口しそうなのをどうにかこらえている。今助は気づかず構わず、さらに玉を引いた。

「今引いたのは裏方衆の給金、残るは役者と作者……その給金は、おいくらと読みますか」

差しつけられた盤面を見ると、千の位に一玉が三つ。

「三千両ですな」

「おや、ずいぶんと気前がよろしいようで」

今助はいつもの銀延べ煙管を手に取り、吸口で算盤を割れんばかりに叩く。

「確かに残りは三千両。しかしながらこのうちせめて二千五百両は私とあなたの手元に入るべき、そうは思いませんかね」

（べらぼうめ、五百両ぽっちで大勢の作者役者が養えるものけえ!!）

南北は膳をひっくり返しそうになるが、目立ってはならないと息を整える。その額には青筋がありありと浮かんできた。

「なるほど、それでこの度の菊五郎退治と――いやあ、流石は先生！」

「左様。あれが消えれば無駄金が減る、おまけにあの老いぼれにも責めを負わせて給金を差し引く――将を射んとなさば、まず馬から」

今助は再び算盤を払い、気が緩《ゆる》んだのかおくびをついた。座元はそのわずかに赤い顔を見て、にやりと笑う。

「まさかそれだけじゃございますまい？」

「何と」

「先生は南北がお嫌い……音羽屋を殺して、南北も殺す腹づもりでしょうに。まあさしずめ先生は師直《もろなお》公、判官《はんがん》も由良之助《ゆらのすけ》も返り討ちでめでたの若松さまよときたもんだ」

「そのたとえ話はよくわからぬが……中村座さんの言うことは、合っているからタチが悪い。あの連中を飼っておくだけ無駄というもの、金のなる木が筆頭の金食い虫ゆえに」

これには座元も気をよくして、今助の前で下劣にも呵呵大笑《かかたいしょう》——濁った笑いを切り裂いて、隣の部屋からがちんと物音がした。

「誰だ!?」

座元が立ち上がった拍子にすっ転べば、頭は敷居を越えて隣座敷へ。がらりと障子を開けた南北は、片手に煙管を握りしめている。

「悪いなあ、変な話聞いちまったもんでな。ついつい灰吹にぶっつけちまった、痛んじまうぜ」

煙管の雁首を撫《な》ぜて、可哀想になあと聞こえよがしに言う。秋の風は雨の足に追いかけられ、階下に雨戸を立てる音がした。

「で、旦那、今助どん。この俺っちを殺すってのかい、面白え切りやがれ。どっから切るんだ、腹か、腕か、頭かえ」

「ま、まあ、先生。これはなんでもございませんで、はい」

「あんなにげらげら笑っといて、まぁだぬかすけえ!!」

座元が慌ててはぐらかそうと膝立ちになる、その向こう脛《ずね》を蹴飛ばして南北は尻をまくって座り込んだ。それでも今助は眉ひとつ動かさず、ただ白扇を開いてあおぐ。

「埃《ほこり》が立ちます、お引き取りを」

扇をひとこま残して畳み、嫌味たらしく口を隠す。南北は顔の皺《しわ》をぐっとしかめた。

「てめえが糸引いてやがるたぁな……忠臣蔵《ちゅうしんぐら》の公方さまじゃあるめえし、こんな馬鹿げた謀《はかりごと》けしかけやがって。もうほとほと愛想が尽きたわ」

「愛想が尽きて、どうなさいます」

「知れたこった、鎮西《ちんぜい》まで追っかけて菊を連れ戻すのよ」

煙管を帯に突っ込んで膝を押さえて立ち上がる、その足は算盤を扇で叩く音に止められた。

「こちらに迷惑をかけたまま逃げると」

「んだと!?」

「そうでしょう。夏芝居の打ち止めは貴方と音羽屋の責めだと世上の噂、このまま次の芝居をかけねばこちらは商売上がったりです」

「……その噂流したのも、てめえらだろが……」

「火のないところに煙は立ちますまい、老いぼれどの」

もはや完全に今助の流れで、座元はでっぷりの腹を帯にのせてぬる燗を味わっている。そして南北の耳に近づいて、汚くおくびをした。

「大久保先生の仰る通り。南北さん、あんたは信用を破ったんだ。こっちはあんたがどんなに横柄でも、芝居を書くからヘイコラする——それがこの仕打ちかね、おまけにとんずらかね」

勘弁してくれよ、と肩を突き飛ばす。南北は尻居《しりい》に崩れ込んで、ふたりの姿を見上げた。

「……しゃらくせえ、てめえらに信用だのなんだの言われたかねえや。役者も作者もただの木偶《でく》だと思うなよ、芝居は金儲けの道具じゃねえ！」

「世の中金だって芝居に書いてますな、あんたが」

「書いたからってそうじゃねえんだ‼」

「無茶苦茶な……大久保先生、追い返しましょうか？」

座元が向き直ると、今助は扇を否と振る。そしてゆっくりと口を開いた。

「老いぼれどの」

「なんだ、人でなし」

「芝居は儲けのたねでございます――違うと言うなら、証立《あかしだ》てを」

「証立てだ？」

南北の怪訝《けげん》顔に、今助はにっこりと笑う。

「芝居小屋は芝居がなければただの箱、ただの箱では金が集まらぬ。……どうぞ、もう一本お書きください」

「……そりゃあ、いい話だな」

口では受けても、皺の手には爪が食い込まんばかり。にわかに雨も強くなった。焦る座元をよそに、今助は算盤を弄《もてあそ》ぶ。

「どうぞ茶菓子をお願いいたします、山吹色の饅頭なりと」

「……くれてやらあ、山吹の毒饅頭。その代わりな、書いたら菊を」

呼び戻せ、と言いかけた額を算盤がびっしゃり。

「てめえ‼」

座元に羽交締めに押し止められ、額からは血が滲《にじ》み――今助は乱雑に、南北の袖で算盤をぬぐう。

「立場がお分かりでないか？　次の芝居が大入りなら、音羽屋なしでも良いという証。もし不入りなら所詮は筆耕、音羽屋もろとも追い出して晒《さら》し者にするまでのこと」

今助は算盤を弾いて、憐れみの目で南北を冷ややかに睨んだ。南北はぎりりと歯軋《はぎし》りをして、肘鉄を喰らわせて座元を振り払う。

「馬鹿も大概にしろい!!　そんなしっちゃかめっちゃかの賭け、受ける間抜けがいるものけえ!!」

「黙れ、俎上《そじょう》の鯉」

ざらり、と算盤を撫でる音が雨を裂いて響く。

「傑作を書いて軍門に下るか、駄作をひねって筆を折るか……こちらに従う方が賢いと思いますがね」

「甘《あめ》え科白ぬかしゃあがって。どうせてめえについたらついたで小間使えだろ」

「何を仰いますやら」

今助はあくびを噛み殺した。

「まあどちらでも構いません、貴方を殺せば残るはそれこそ木偶ばかり。揉め事のたねの音羽屋は西方浄土、残りは耄碌した高麗屋《こうらい》に知恵なしの成田屋《なりた》……中村座さん、あとは」

「役者なら、ひよわな大和屋《やまと》粂三郎《くめさぶろう》。裏方連は老いぼれとウドの大木ばかりですな」

座元が手揉みをする、その手を南北は殴りつけた。

「おお、怖！　南北さん、新作の初日は十日後でお願いしますよ」

「十日でできるか!!」

「やるんですよ、四の五のぬかさぬように！」

座元の太い腕で隣座敷に突き返され、障子もがらり、その向こうではふたりの哄笑《こうしょう》――雨足は弱まるどころか、今宵はやみそうにない。

（……そんな賭けがあるかってんだ。あいつらに義理も糸瓜《へちま》もありゃしねえが、何を書いてもこっちの名折れ……）

菊五郎を見殺しにするか、菊五郎と心中するか――いずれにしても南北は狂言作者人生一巻の終わり、といって書かずに逃げたら思う壺。腹いせにぬる燗を手に取れば、とっくに冷めている。

「こりゃ、めえったなあ……ほんっとうに人でなしだわさ」

そう言い捨てて雪駄を履けば、大雨である。家まで帰る気力は失せ、中村座の作者部屋にすごすご戻って倒れ込んだ。


翌朝、条三郎は「四谷怪談」の打ち止めで使わなくなった道具を片付けようと早々と中村座に出勤した。楽屋口の下足番もまだいないのに、女形《おやま》だてらの一番乗り――と思いきや、作者部屋から声がする。

「南北先生、新吉《しんきち》でやす」

「じいちゃん、起きろ！」

新吉と芳三郎の声に引かされて、つい足が向く。菊さんが追い出されてから、いつ何が起こるとも限らない――警戒心から隣の納戸に忍び込み、ほんの少し戸を開けると大の字の南北がちらと見えた。文机に筆と硯《すずり》があるからは、考え事にふけったまま倒れて眠りこけたのか。

「……なんだえ、どうしたえ……」

「どうしたもこうしたもありやせんや!!」

成田屋の新吉は、ほおずきのように今にも爆《は》ぜそうだ。隣では作者見習いの芳三郎がぎっと下唇を嚙み締め、血が滲んでいる。南北はひとつ大あくび、その拍子に目が合った気がして条三郎は顔をそむけた。

「とっくに噂でござんすよ、先生が今助に白旗あげたって」

「じいちゃん、嘘だよな……?」

条三郎には初耳だ。しかしふたりの神妙な様子からすると、あながち嘘とも思えない。息を殺して様子をうかがっていると、南北はあぐらで鬢《びん》をぼりぼり搔いた。

「どこで聞いてくんのかね、おめえたちゃ……」

「先生、嘘だと仰ってくだせえ。今助やら座元さんやらに負ける道理はありゃしねえよ」

「馬鹿野郎。あの連中と喧嘩すりゃ、よくて切腹悪くて打首だぜ? そんなしちめんどくせえこと誰がするもんかえ」

南北がため息をつけば、新吉はたまらず硯をつかんで投げ捨てた。

「こいつ、商売道具を投げやがったな!?」

「何ぬかすんでえ、てめえは物書きでもなんでもねえや!」

「そうだぞじいちゃん、おいらでもあいつらは許せねえのに、なんだよそれ!!」

芳三郎が少しごつくなった手で南北の胸ぐらを取れば、新吉もそこらの帳面の山を崩してはぁはぁ言っている。思わず粂三郎が割って入ろうとした、その時だ。

「待て待て、朝から血ぃ上らせんな」

新吉を左手で止め、芳三郎を右手一本で南北から引き離す——團十郎はずいぶん急いだとみえて、髷がわずかに曲がっている。

「お、成田屋……芝居は打ち止めだろ、何の用だえ」

「どうせ、こんなこったろうと、思って、よ」

言いながら團十郎は新吉と芳三郎を部屋の外へつまみ出し、台帳やら硯やらを乱雑に隅にまとめた。

「……菊はすげえな」

「ん?」

「こういう若《わけ》えもんの喧嘩沙汰も、あいつが収めてたんだろ」

團十郎はその場に座り込み、ふうと天井を仰いだ。菊五郎ありし日は、この手の喧嘩の仲裁は彼の役……それを思い出したのと、ひとまずこの場が収まったのとで、粂三郎は静かに深く息をつく。

「それで、何の用だえ」

南北が重ねて問えば、團十郎は衿を正す。

「……あの噂、本当か」

「……聞くまでもねえっちゃねえが、どの噂だ」

「先生が今助のために、大入り芝居を書くっつう」

南北は耳にタコのようで煙管に手を伸ばしたが、粂三郎にはこれまた初耳。狭い納戸の中だからか、ちっともわけがわからない。南北は今まで役者の味方だった、それがどうして。菊五郎がいなくなったから、長い物に巻かれたとでもいうのか……？

「そうさな、俺ぁ芝居書くっきゃ能がねえんでな」

「……だからって、敵に塩はねえだろ」

「そんでこの老いぼれを矢面《やおもて》に立たせるつもりけえ？」

これには團十郎も痛いところを突かれたか、大きな目玉をしゅんと萎《しお》らせた。

「……確かに先生が先陣だ」

「だろうが。俺っちがそれで狂言作者ぁ首になったら、どうしてくれる？　こちとら五十年来、物書いて飯食ってんだぞ」

「首にされたら俺も辞めるさ」

「ほう？」

南北の肩が少しいかったのが、粂三郎からは見えた。團十郎は気づかないようで、ついと立ち上がる。

「あいつらと喧嘩して首になったらだぜ」

この体たらく、わけがあってくれよ――言い捨てて團十郎は去っていく。

「なんだなぁ……今日に限って千客万来か」

南北がつぶやくと、納戸の中の条三郎の心の臓も跳ねる。招かれざる客、しかも空き巣のような客だから……もう冷静ではいられずに逃げようかどうしようかとやっていると、今度は廊下の向こうからふたつの足音が響いてきた。かたや、どすどす。もう一方は、よろよろ。

「先生、よろしいですかな」

老爺《ろうや》の方の声がして、南北が「入りな」と答えれば野太い腕で障子がぐわらり。たっつけ袴のふたり組は、大道具方の勘兵衛《かんべえ》に勘蔵《かんぞう》だ。

「お、こりゃ棟梁に勘蔵どん。お岩さまじゃ世話んなったな、どうしたえ」

南北が座布団をすすめると、勘兵衛はどっかと座り勘蔵は小さくなった。

「あのくそ連中に媚び売ったって、ほんとかよ」

「棟梁、ここはわしに任せて……」

勘兵衛の単刀直入のどら声に、条三郎もびっくり。勘蔵はあとを引き受け、ゴマの鬢の毛を撫でて南北の前に進み出た。

「先生、わしらは先生の小間使いみてえなもんですからな。口答えもしねえし、座元さんに同心しようが構わねえでついていきやすが」

「へえ、俺っちが首になってもかえ」

「縁起でもねえ……ですがね、今度ばかりはちっと頼みがございやすよ」

遠くで烏の声がした。勘蔵のこわばった体とは打って変わって、南北は煙管を指先で弄んでいる。

「次の芝居の初日、十日後だそうで。どんな芝居か知りやせんが、十日で一から道具こさえるのは無理な話……座元さんが本性剝《む》いてこのかた、若え衆がどんどん辞めちまうんでなおさらでさあ」

「そうよ、この勘兵衛をもってしてもできねえ。だから今あるもんで賄《まかな》えるように書いてくれっつう談判に――もとい、お願いに来たのさ」

勘兵衛は坊主頭を撫でて、この通りと片手で拝んだ。粂三郎も納戸の内で、流石にもっともだとついうなずく。南北は仕方がないとばかりに手を打った。

「ああいいぜ、書いてやらあ。芝居の中身は一切向こうから言われちゃいねえからな、なんにも思いつかねえでどうしようかと思ってたんでえ」

「そりゃ、渡りに船でさあね」

勘蔵が笑うと、南北は煙管を置いて「で、今いってえ何が残ってんだ？」と水を向ける。

「ええ、『四谷』、『忠臣蔵』、『五大力《ごだいりき》』……」

「『五大力』の道具なんざ残ってたっけか？」

「それが棟梁、ありましたんで。五人切《ごにんぎり》の廓《くるわ》の屋体やらなんやかや」

ちょうどこの間の芝居が「四谷怪談」と「忠臣蔵」の二本立て。さらにその前、六月に出したのが初代並木五瓶《なみきごへい》の「五大力恋緘《ごだいりきこいのふうじめ》」――かつて大坂で武士が芸者ら五人を切り殺した事件があった。後世に五人切と呼ばれ、五瓶は犯人を恋人に捨てられた男に仕立てて書いた――五瓶は南北の師匠筋、その縁で南北の監修のもと久々に上演した珍しい芝居である。

『『忠臣蔵』、『四谷』、それに五人切なあ……なんだって人死にが出る芝居ばっかし取ってあるんだえ」

「そりゃ、祟《たた》りが怖えからに決まってんだろ」

「でやすねえ……その証拠にゃどの道具も、壁の裏がお札《ふだ》でびっしりだ」

勘兵衛と勘蔵がいちどきに鶴亀鶴亀と魔除けを唱える、その様子に条三郎はうっかり口元が緩んだ。

「先生……いかがで……？」

勘蔵が見上げれば、南北は腰をさすりつつ部屋中をうろうろ、うろうろ――

「……あ」

「できるか？　流石は先生だな」

「できるともできねえとも言ってねえだろ。……だが、なあ……松の廊下を長屋に変えて『四谷怪談』、それじゃあ討ち入りを長屋に変えて五人切、ってのはどうだ」

南北の言葉は、いつものごとく勘兵衛には全くわからないようだ。しかし勘蔵もピンと来ていないのか眉根に皺を寄せている。おまけに、条三郎にもわからない。

南北は道具方のふたりに向かって渋い顔をし、必要な道具の書きつけをおっつけ渡すからと部屋の外へ追い出した。ブツクサこぼす勘兵衛と、たしなめる勘蔵の声は次第に遠くなっていき

――そっと納戸の戸を閉めようとしたら、見つかった。

「おい、粂」

「あはは……先生、いつから気づいてた……？」

「いつからだろうな」

南北はひょいと煙管を拾い、帯に突っ込んだ。

「……お芝居、書く？」

「ああ、書くこたあ書く」

「読みに来ていい？　あたし先生のお芝居が好き、だからあいつらに負けるな!!」

「……どいつもこいつも……喧嘩するたぁ限らねえっての。読みにくるなら勝手にすりゃいいさ」

飯でも食ってくるかと出ていく姿も、粂三郎にはいつになく冷たく思える。とっくに日は中天高く登っていたようで、どこかの寺から物寂しい九つの鐘が聞こえた。


「先生、お見事ですな」

幸四郎《こうしろう》は草稿を読み終わり、悔しげに唾を呑んだ。

南北の新作は、「忠臣蔵」と五人切をない混ぜにした陰惨芝居――赤穂義士のひとり不破数《ふわかず》右衛門《えもん》を、五人切の犯人に見立てる。おまけに数右衛門は恋人に捨てられたのではなく、女に騙《だま》されて恥辱から復讐の鬼になるという筋立てにした。不破数右衛門は薩摩源五兵衛《さつまげんごべえ》と名乗って討ち入りの金策に走り、同時に芸者の小万《こまん》に入れ上げ、小万と三五郎《さんごろう》の夫婦にカモにされる。伯父が融通した討ち入り用の百両も美人局《つつもたせ》で三五郎に奪われ、満座で恥をかかされて、その怒りは静かにたぎる――

「五瓶先生の書き替えで、ここまで変わりますか」

「よっぽど無茶苦茶したからな。彼岸《むこう》行ったら怒鳴られらあ」

南北は指先で煙管をくるくる回して、歯を出して笑った。普段はヤニがこびりついている歯も、少し色がさめている。南北は今助に嵌められた「ひちりき」の夜以来この草稿を書き上げるまで、三日も煙草を口にしていないのだ。

しかし作者部屋が冷ややかなのは、静かな火皿のためばかりではない。

――幸四郎のきちんと折りたたんだ脚が、膝からわなわな震えている。

「どうした、寒いかえ」

「寒くはございませんがね」

――幸四郎は出された茶をひと啜りすると、腕を組んだ。

「六十路を過ぎて腹立てるのもいかが、とはいえ……ここまで大入り間違いなしの芝居を書く方だとは思わなかった、ほとほと見下げ果てましたよ」

「ん!?」

「そうでしょう。この後、源五兵衛が小万を切り捨てて五人切で幕、見物はやんやの大喝采、『よくぞ恥を雪《すす》いだな!! あっぱれ天下の義士殿だ!!』となるのは必定《ひつじょう》だ」

頭の半分しかなくとも分かります――幸四郎は草稿を文机に返し、南北に詰め寄る。

「あの連中に頼まれたからとて、みすみす大入り芝居を書きますか。我が身がそんなに可愛いか、大南北とて金が欲しいか……私に獅子身中の虫と呼ばせてくれるな」

「ま、待て待て、どっかでこんがらがってるんじゃねえか⁉」

必死で幸四郎を押し止めて、南北は文机に手を伸ばした。草稿を拾い上げて紙を数えてみれば、書き上げたつもりの枚数より明らかに少ない。さては今助の手が回ったか、座元が小僧を使ったか、はたまたただの泥棒か……だが常から草稿は神棚に置く南北、その癖は役者衆裏方衆しか知らぬはず。

「……粂か？」

勝手に読めと言ったのが運の尽き、なぜか後ろ半分だけ持って行かれてしまったようだ。たぶん昨日のうちに、書き上がっていた前半は読んだのだろう。

「確かに粂なら、團となにやら読んでおりましたが……半分だろうと全てだろうと、大入り芝居は大入り芝居だ。どういうご所存ですか、我らよりもあの連中を――金を好むと仰せか」

「違えんだわさ……まあとりあえず、この続き喋ってやるからよく聞けよ。第一俺っちの小万は、五人切で殺《や》られるほどヤワじゃねえや」

凄惨な五人切からすんでのことで三五郎と小万は逃れ、四谷の長屋に引っ越した。そこはかつて民谷伊右衛門《たみやいえもん》が住んでいた、とても縁起の悪い家――とんだご利益、すぐさま源五兵衛が訪れて恨み節たっぷりに小万を惨殺する。その三五郎は父の旧主に渡すために金を集めていたが、父の寺で主と対面して驚く。なぜならその主こそ、

「なんと不破数右衛門、薩摩源五兵衛その人さ。三五郎は主の顔を知らず恥をかかせた申し訳に切腹、源五兵衛もその金で見事討ち入り、そこで幕だ」

どうでえ、と水を向ければ、幸四郎はらしからぬほどきょとんとしている。

「……先生、もう一度お聞かせ願えますか」

「あいよ」

南北がもう一度、今度は噛んで含めるように語る。幸四郎はそれを聞いて、「もう一度!」。三度目を聞き終えて、思わず湧きくる動悸を抑えた。

「……なるほど、こいつは私の早とちりというやつだ」

「なんでえ、不入りになるとでも言いてえのか」

「そうですとも、こんな暗くて重たくて救いようのない芝居は初めてだ。筋立ても一度聞いただけでは分からないし、大詰などはいまだに何が何やら」

と言いつつも、幸四郎の震えは止まらない。

「高麗屋、こいつは駄作かえ?」

「いいえ、先生! こいつは傑作だ、とんでもない傑作ですよ!!」

後世に残るなら、こいつか「四谷怪談」か――と幸四郎はしきりに頷いている。南北はじっとその目を見た。これこそ信用に足る、高麗屋の目である。

「……その傑作が、どうして不入りになるってんだ」

「……上手の手から水が漏る、川流れというやつか。先生は幾度もこの筋立てを考えてお書きになった、それが仇《あだ》です。江戸っ子の芝居見物は、年に一度のハレの行事……あいにくこいつは向きませんね」

芝居は気分爽快になるために観るもの、そして一度だけ観るもの——ご贔屓筋ならいざ知らず、平土間の安席はそういう客で埋まっている。そこにこの新作は、流石にそぐわない。小屋の外でじっくり考察して、二度見て三度見てようやく傑作だと分かるような芝居は、いくら良くてもよろしくない。

「となれば平土間は空き放題、ご贔屓筋も来るかどうか……なんといってもこの暗い殺し、綺麗な役者は見られないでしょうから。先生も、ちっと勇み足をなさったようで」

幸四郎は再び腕を組み、もったいないことだとつぶやいた。部屋はどこまでも静かになる。

——読めたぁっ!!

天井裏からかすかに響いた。段梯子を飛び降りてくる音がして、だんだん足音が近づいてくる。

「先生、死ぬ気だな!?」

障子をがらりと駆け込んできたのは、團十郎だ。

「どうした物騒な!」

幸四郎が勢いよく振り向けば、團十郎の手には数十枚の紙が握られている。追って降りてきた条三郎は、どうにか辞儀をしてその場にへたり込んだ。

「後ろ半分借りて、ふたりで読んでたら、急に……」

「先生!」

条三郎を押しのけて、團十郎は南北の前に仁王立ちだ。

「てめえ、菊の野郎と心中かよ!!」

全身の血管が脈打って浮き立ち、顔は紅を塗ったほどに赤い。成田不動のありさまと、その科白の奇天烈さに、幸四郎も条三郎も固まった。

ただ南北ばかりは、口元をゆるめて首をひねっている。

「成田屋、おめえどうして偶《たま》さかに冴えるのかねえ……」

「てやんでえ、白状しねえか!!」

團十郎が拳を握るので、南北も流石にこれぎりだなと額を撫でた。

「……そうよ、次の芝居わざと不入りにして、追ん出されてやろうと思ってんのさ」

作者部屋は水を打ち、外の紅葉のざわめく音が入ってきた。南北はゆっくりと立ち上がり、障子の向こうに誰もいないと確かめてから座り直す。

「誰があんな野郎どもに与《くみ》するものけえ。菊が戻るかどうかじゃねえ、今助がいるうちはまともな芝居ができねえ。この南北にも真っ当な芝居を作りてえっつう意地があらあ」

團十郎の拳がほどけた。南北はさらに続ける。

「ここにいても芝居にならねえ、が菊を追っかけても金も小屋も人もありゃしねえ。七十過ぎでもこいつは迷ったけどな……もう決めた」

長年使い込んだ、手に馴染んだ煙管を拾い上げた。

「天下無双の傑作で、古今無類の不入りを出す。その挙句にゃ菊と心中だ。たとえ筆を折ろうが、人交わりを絶とうが、ここらが意地の見せどころさね」

歯を見せてにししっと笑うが、その顔の皺は伸びていない——粂三郎は思わず南北の膝下へ這《は》い寄った。

「それなら、言ってよ……どうしてあんなに冷たいんだよ！」

「べらぼうめ、言ったらおめえたち止めるだろ。だから独りで片付けるつもりで、一切合切騙したわけだ」

「なにぬかしゃあがる!!」

南北の右手は手刀を喰らい、煙管はてんてんと畳に落ちた。團十郎は謝るそぶりもなく、南北の前にどんと膝をつく。

「そんなに俺たちゃあ信用がねえか、まだまだガキだと思ってんのか!? てめえが今助と喧嘩するってんなら、俺だっていくらでも助太刀《すけだち》すらあ!! それで首んなりゃ本望だって言ったじゃねえか、忘れたか耄碌ジジイ!!」

息を荒げてまくし立てるそのさまは、まるで——

「……菊みてえなことを言いやがるな、團」

幸四郎は團十郎の頭を撫ぜると、隣に並んで座を占める。

「先生、こいつは完璧に私の勇み足だ。そのお心とはつゆ知らず、川流れのなんのかのと……だったら一味させておくんなさいよ。私らが揃ってついていけば、人だけはいる。金がなくとも小屋がなくとも、人さえいりゃあ芝居はできまさあ」

なあ、粂？　と振られて、粂三郎もしきりに頷いた。

「あたし、先生となら旅回りでも行く。勘蔵じいさんも棟梁も友九郎《ともくろう》のおじさんも、芳坊だってついてくるよ」

にっこり笑えば、幸四郎もつられる。

「幸いにしてこの傑作だ、芝居の神様でも不入りになる。私らも役者の意地立てだ、見事務めてお別れといこう――先生、塩冶浪士の討ち入りも大星由良之助《おおぼしゆらのすけ》以下に四十七人いましたよ」

とりわけこいつなんかは頼りになる、と背中を叩かれて團十郎は軽くうめいた。その様子を見て、その先を見て、南北は煙管を拾って煙草入れにしまう。

「……おめえら、よっぽどでかくなったな」

「みんなおやっさんのお仕込みさあ」

團十郎の口から、ぷいと「おやっさん」……懐かしい菊五郎の呼び名に、南北もぷっと吹き出した。もはや、何を恐れることもない。

「ありがとな、おめえたち」

南北が額をぽりぽりやると、作者部屋は笑いで満ちる。「わざと負け」の策でいこう、そうと決まれば書くだけだ。粂三郎が墨を擦《す》り、南北は文机の前の座布団にあぐらをかいた。

「稽古場で待ってるぜ、由良之助先生」

團十郎がおちゃらけて言えば、南北は筆を落としそうになる。

「この皺くちゃジジイが由良之助だあ？　冗談きついぜ」

「由良之助がお嫌なら、数右衛門でも……そういえば、今助が三五郎で座元が小万、先生が源五兵衛にも見えますすな」

珍しく幸四郎が冗談を残して、それではと三人は作者部屋を出て行った。

あとに残った南北に、最前の言葉が響き渡る。

「そうか、俺《おり》ゃあ源五兵衛か」

珍しく、独りごちる。もう一言思い出した。「ひちりき」に乗り込んだ帰りにこぼした科白だ。

『ほんっとうに人でなしだわさ』

「そういや源五兵衛も言ってたっけな、『誠に人ではないわえ』ってなあ」

棚に詰め込まれた台帳の中に、五瓶の書いた「五大力恋緘」はあるだろう。しかし探す暇が惜しい。三十年前の「五大力」初演で南北は助作者だったから、科白は頭に入っている。それを片っ端から思い出して、一気呵成に書いていく。

ふたたび、筆をとる。後半の筆の進みは速い。源五兵衛をその身におろし、するすると「五人切の場」を書き上げて大詰に入る。「五大力」にはない「四谷鬼横町小万殺しの場《よつやおによこちょう》」、源五兵衛が三五郎夫婦を訪ね寿《ことほ》ぎ帰るところ。五瓶先生そのままに「誠に人ではないわえ」と書きかけて、やめる。

「犬を切ってもつまんねえやな」

「ないわえ」を塗りつぶして、「あるかもしれぬ」と書きかえた。鬱憤は人が苦しめばこそ晴れる。そのまま書き進め、源五兵衛が小万をなぶり切りにする場面。泣き叫ぶ小万を描けば、それが座元と重なる。

「成田屋から高麗屋までみんな連れて出ていきゃあ、これ以上にわめくだろうなぁ」

「こなたは鬼じゃ、鬼じゃぞや」と小万の科白、その次に源五兵衛の科白を書きながら声に出していた。五十年余りの作者人生でも、こんなことは一度もやった覚えがない。

「『いかにも鬼じゃ、身共を鬼には、おのれらふたりが致したぞよ、人外《にんがい》めが』」

そう記してから、源五兵衛に謡《うたい》をやらせて引っ込ませ、鬼横町の場を締めた。ほうと息をつき、幸四郎の飲みさしの冷めた茶をひと啜りして、「愛染院《あいぜんいん》門前の場」に取りかかる。三五郎が恩ある主の源五兵衛に死んで詫びるところで、あの今助がついに這いつくばって謝る様子が目に浮かんだ。そして何にも思わずに、「こりゃこうのうては叶うまい」と源五兵衛の科白に書きしるす。

「こうでなくっちゃ、ならねえよなあ……」

薄笑いを浮かべれば終わりが見える。討ち入りに加わる源五兵衛こと不破数右衛門が、ますます己に重なった。義士の仲間が数右衛門を迎えにくる。役者連が南北と共に出ていくように。〆の一言をサラリと書いて、大きく「まず今日《こんにち》はこれぎり」と記す。筆を置いて伸び上がった。

「さあ行こうや、ってなもんよ」

題は「盟《かみかけて》三五大切《さんごたいせつ》」、最後の科白は「お立ち」の一言だった。

十日の猶予は瞬く間に過ぎた。南北が一日で書き上げたその日には、既に二日が経っている。役者たちがこれまた一日で頭に叩き込み、本読みで一日、立ち稽古に四日――これで八日。九日目の総ざらいには見事に道具も揃った。棟梁の勘兵衛が自ら金槌《かなづち》をふるい、勘蔵が老いの知恵をふんだんに仕込んだ大道具――廓《くるわ》の道具は美人局の場面に使い、肝心の五人切は「四谷怪談」の伊藤家の屋敷を転用し、四谷鬼横町小万殺しの貧乏長屋は民谷伊右衛門の浪宅を模様替え。この当意即妙っぷりに思わず南北も「できたっ‼」と膝を打って小判で一両ずつ、でかい手と皺々の手に握らせた。さらには小道具方に衣裳方、床山《とこやま》もせかせかと仕事をこなして、見事十日目には舞台稽古にこぎつけたのである。

驚いたのは座元ただひとり。舞台稽古を見もせずに、「ひちりき」で煙管を咥《くわ》えて三服目――隣で今助が呑気に算盤を弾いているものだから、焦って吸口を噛んでしまった。

「大久保先生、これで大入りになったらどうなさいます……?」

「ありえません。私の算盤が狂ったことがありましたか」

「……そいつは、滅多に……」

「滅多にではない、決してない。毛虫とて客にならぬ、不入りの責めでお払い箱は目前。大船に乗った気でおいでなさい」

まこと今助は千里眼の持ち主か――否、南北と役者連が描いた計略が見事にはまったというべきか。評論家や知識人には芝居の筋の受けは良く、「近年になきおもしろき作」とは評されたが、それでも客の入りは悪い。菊五郎贔屓が来ないのは当然ながら、小万を演じる粂三郎の贔屓は美人局の場に憤慨、あでやかな赤姫が見たいと言いつつ帰ってしまう。三五郎役の團十郎と源五兵衛役の幸四郎の贔屓連中も、小万殺しから大詰にかけてもやもやが残り二度とは通わない。先ほどの文人でさえも、筋は良いが舞台で見る理由がない、華がないと言ってそれっきりだ。これに南北がニヤッニヤしているものだから、事情を知らない下っ端からは「南北先生は喧嘩する気もねえんだろ」「いいやあれは敵を欺《あざむ》く放埒《ほうらつ》さ」などと厄介な憶測が飛び交う始末。

そうこうするうち、九月二十五日の初日から二十日もしない十月十三日の夜。南北に「ひちりき」まで来るようお達しが出た。なるほど打ち止めだな、と幸四郎に声をかけたが、殺人鬼源五兵衛の役でくたびれ果てている――

「おめえら、討ち入りだぞ。支度整えて待ってろ」

役者衆に声をかけ、團十郎ひとりを供廻りに「ひちりき」の月見座敷まで赴けば、会いたくもない顔がふたつ並んでいる。

「南北さん、ま、おかけなさいよ」

座元が座布団を指差す。南北はあぐらをかくと、嫌味たっぷりに顎を突き出した。

「てっきり座布団なんざねえと思ったがな」

「そういえば、非人はむしろに座って百叩きか。お望みならばやりましょうかね」

座元は耳をほじりながら、鼻で笑う。南北は呆れて、座元のてかてかな額を睨みつけた。

「で、話はなんだえ」

南北に突っかけられて、座元は今助をちらちらと横目で見た。今助が返事代わりに手元の算盤を払ったので、煙を吹いて煙管を置く。

「――明日で打ち止め、おあいにくさま！」

たるんだ頬がぐいぐいと上がり、座元は勝利の快を隠しきれないようだ。かたや南北と團十郎は、身動《みじろ》ぎひとつせぬままに胸の内で手を〆る。

「それで、どうすりゃいい？」

「どうもこうもありゃしません、明日中にどうぞ荷造りを」

「おう合点だ、みぃんな荷を綺麗にしちまうからそう思え」

強気に構える南北にいささか怖《お》じたのか、座元は今助に耳打ちをする。今助は銀延べの煙管を出して、煙草盆を目の前に置いた。

「老いぼれどの」

「なんでえ、金助《かねすけ》」

金助とおちょくられても、眉ひとつ動かさない。

「あなたは駄作を書いたのですよ。世間様に顔向けできず、夜逃げ同然が関の山というところでしょう。もう少し神妙になさったらどうです」

座元がぷっと吹き出すのをこらえた——その髷をひっ摑んだのは、團十郎の右の手だ。

「あれが駄作たぁ、てめえら目なし鳥か」

「成田屋さん、儲けがなければ駄作に違いないとお分かりないか」

「うるせえ馬鹿助！」

髷をぱっと放せば、でぶの体は崩れて今助の膝の上に。思わず今助は顔をしかめ、煙管で座元の額を殴りつけた。

「儲からねえ傑作がこの世にはあるんでえ、知らねえか！」

「おい、騒ぐのはおめえの役じゃねえだろ。菊に取っといてやれ」

激昂する團十郎を、南北は押し留めて座らせた。

「おやおや、音羽屋さんと再会する気ですかね。あんな御仁、野垂れ死にがせいぜいなのに」

座元がニヤニヤ笑えば、今助は嘆息して算盤を南北に見せつける。

「老いぼれどの、よしんば傑作だとしても不入りは不入り。早々にお引き取り願います、筆を折るのがよろしいかと」

「折らねえよ？」

今助は軽く一服して、煙をふうと吐いた。しかし南北は時節到来とばかり、すっとぼけてみせる。

「……何ですと」

「俺ぁ狂言作者だ、それっきゃできねえ。ここを離れても書き続けるし、芝居をやり続けるさ」

にいっと得意げに頬を上げる。これに吹き出したのは座元だ。

「ぼけたかい、南北さん！　小屋がなけりゃあ芝居はできないよ、ましてあぁた金も人もいないんだろう？」

「並びがごちゃごちゃでえ。小屋がなけりゃお稲荷さんの境内ででもやりゃあいい、銭がねえなら知恵絞るまでだ。結句入り用なのは人さね」

なあ成田屋、と言われて團十郎は深くうなずく。

「先生の言う通り。こいつについていきてえ、そう思うから俺たちゃ動くんだ。互いに信用されねえと、どんな一味もありゃしねえ……四十七士もそう、芝居の衆もそうだ」

菊ならそんなふうに言うわな――照れ隠しのように、菊五郎に思いを馳せる。小屋の衆のことも思い浮かべて、團十郎はしっかりと息を吸い込む。

「てなわけで、俺らも出てくわ」

座元は言葉の意味が分からないのか、口を丸く開けたまま固まる。

「……俺ら、とは？」

「役者裏方まとめて」

「……出ていく、とは？」

「この小屋から」

ようやっと顔面蒼白、座元の脂ぎった手がわなわなと震え、ついには畳を殴りつけた。

「そりゃないでしょう、そりゃないでしょう成田屋さん!!　あんたがたまでいなくなりゃ、こっちは商売上がったりだ!!」

どうしてくれる、と叫ぶ声は南北の哄笑にかき消えた。

「南北さん、あんたもあんただよ!!」

胸ぐらをとって揺さぶってくる、その二の腕を摑み返して捻じ上げた。その振る舞いの勢いや、若い者にも劣らない。

「てめえら、言ってることがしっちゃかめっちゃかじゃねえか。そっちの邪魔になる時ぁ追い出して、入り用になったら木偶扱い……そんな連中にかける情けがあるもんけえ。源五兵衛を見てみろ。惚れた女に良いように操られて、結局カッとなって皆殺しさ。芝居でさえそうなっちまう、いわんや浮世をやっつうもんだ。銭金で人を動かしゃ遅かれ早かれしっぺ返しよ、真っ当な人間なら金じゃあ動かねえ――人と人との信用は、銭金で買えるもんじゃねえや」

咳き込んだ南北に、團十郎がスッと手拭いを差し出す。痰を払うと南北は、座元をどうと突き飛ばした。

「菊を飛ばされてこのかた、てめえらに信用なんざ皆目ありゃしねえよ。この金食い虫の唐変木の腹出しどもが」

南北が低く並べ立てると、團十郎も目くばせで同意を示す。座元はふたりに向かって鯉のように口をぱくぱくやり、ようやく声を絞り出した。

「わかりました、金でしょう。給金は千両万両望み次第」

大慌てで金を取りに行こうと駆け出す、その脛を今助が算盤でピシッと叩いた。南北は大笑いが高じて涙ぐむ。

「そうよ、そこの金の亡者の言いてえ通りだ。俺らに金は無役さね」

座元はにっちもさっちもいかず、ううとうめいてその場に這いつくばった。

「這っても泣いても出ていくぜ？」

團十郎が自慢の目で睨みつけると、座元はもはや蛇に遭った蛙。

「それじゃあ今助どん、これでおさらばだ。達者でな……言っとくが、おめえさんらの悪評はすぐにこの江戸中に広まるだろうよ」

今助は一向に顔を上げない。

「御見物を舐《な》めちゃいけねえ。今度の芝居がどうも変だってんで、楽屋まで乗り込んできたご贔屓がいくらもいらあ……上は八十路の奥様から、下は花も恥じらう娘っ子までな。読売のネタになるのも遠かねえ。てめえは芝居に負けたんだ」

月見座敷が静まりかえって、ただ南北と團十郎の衣擦れの音だけが響いている。

「……何が、どうして、こうなった」

地獄から轟《とどろ》くような声を出したのは、今助だ。南北はけらけらと笑ってその曲がった髷を見る。

「てめえは昔、小屋を潰《つぶ》しかけただろ。その天罰さね」

これには團十郎も、障子に手をかけてプッと吹き出した。

「己《おのれ》の因果が己に報い、ってか」

その言葉に南北も、にやり。

「人を呪わば穴二つ、こうでなくっちゃならねえよ」

そうして團十郎を先に出し、障子を閉めようとする。

「老いぼれ、貴様は鬼か。獄卒か」

今助が顔を上げる。こぼれ落ちんばかりに剝いた目玉は、どぶ色か山吹色か。

南北は平然とその目を見据えた。

「おう、鬼さ。しかし鬼には誰がしたんでえ、この金っ小僧め」

言い捨てて舌を出し、「あっかんべえ」。

ぴっしゃりと障子を閉め、口笛吹いて作者部屋に戻った。

今助と座元に一矢《いっし》報いた翌日、十月十四日の興行で「盟三五大切」はめでたく千穐楽《せんしゅうらく》。その翌日には南北は荷物をまとめて、黒船稲荷の自宅に引っ込んだ。幸四郎に團十郎、粂三郎もてんでに楽屋を引き払い、弟子もろともに家で一息。もちろん役者だけではない。小道具方に衣裳方、床山までもあらかた抜けた。勘蔵もことの次第を聞いて、「老い先短《みじけ》えこの体、南北先生にお預けしてえ」と勘兵衛もろともわずかな若い衆を連れてこれまた座抜け。それどころか、空いている小屋を見つけるから二、三日待ってくれと言ってコネ先を駆け回っている。そこで再会は二十日にしようと皆に言っておいた。

それは十八日の夜だった。南北が寝ようとすると、表から「先生、先生」と呼ぶ声がする。なんだなんだと出てみれば、幸四郎、團十郎、粂三郎、それに勘蔵。

「どうしたい。まだ二日あるだろう？　勘蔵どん、もしかして見つかったかえ？」

「へえ、見つかりましたよ、小屋も」

勘蔵が皺の顔をさらにくしゃくしゃにして答えた。

「その、『も』ってのは何だい。まだなんかあんのかい？」

「それは勘蔵じいからでも、我らからでもない、当人の口から言わせましょうか」

幸四郎が満足げに言った。すると、四人の後ろから深編笠をかぶった男を引っ立てて六尺の大男が立っている。

「こりゃ棟梁。どこ消えたかと思ってたぜ」

「なあに先生、こいつを見ねえな!!」

勘兵衛が男の深編笠をぶんどると、現れたのは三国一のいい男。思わず南北はため息をついた。

「なんとも、無沙汰をいたしやして……」

「菊よ、俺っちは湿っぽいのは苦手だぜ。からりといこうや、からりと」

豪傑関羽《かんう》のようにからからと笑いとばす。そうでもしなければ、野暮な言葉がこぼれそうだった。菊五郎もつられて、ははは。泣き笑いの背中を、粂三郎がぱんと打つ。

「だから湿っぽいんだよ……ばか」

「おめえもな」

團十郎に頭を叩かれて、一粒涙がこぼれる。

「めんどくさかったぜ、太宰府まで遠くってよお〜。くたびれたのなんのって」

「棟梁が走って行くからでさあ……音羽屋さん、お岩さまの道具はみんな取っときやしたよ」

勘蔵が優しく声をかければ、幸四郎も微笑む。

「本当におまえというやつは……無事に帰るとは信じていたがな」

皆に迎えられた菊五郎はぐっと涙をこらえ、水もしたたる面《おもて》を上げた。

「みんな、ありがとうな。……先生、この菊五郎を、使ってもらえやしやせんかね……」

「馬鹿野郎。おめえがいねえでどうすんだ、まだまだやらせてえ役がいくらもあらあ」

南北が思わずのめってこけそうになるのを、菊五郎が支えてやる。

「やっぱり、菊さんは先生のお気に入りだ」

条三郎がそう言えば、皆うなずく。

「さあさあ、三国に轟く男前、尾上菊五郎のお帰りだよ！」

勘兵衛がでかい声を張り上げた。團十郎がそれを聞いて、

「おのおの方、酒宴へいざお立ち」

と肩肘張るから皆が笑う。そのまま家の中になだれ込み菊五郎を肴に呑む横で、南北は久方ぶりに煙管で一服した。

「あれ、ずいぶんやってなかったのに」

条三郎が尋ねると、南北は刻み煙草を丸める手を止める。

「なあに、作者部屋の神棚に断ち物にしててな。菊の顔見るまでは一服も呑まねえって誓っちまったのよ」

晴れやかな顔の菊五郎に團十郎が大酒呑みの勝負を仕掛ければ、勘蔵が必死で酌をする。勘兵衛がでかい体軀でカンカンノウを踊り出せば、幸四郎が笑いながら口三味線を合わせる。

その様子を見ながらひと口、ふた口。

なんとも美味い一服だった。


ようやっとまともに戻った芝居町で、のちに南北は菊五郎に十役早替わりを当て書きするというとんでもない情を示すことになる——が、今は束の間の平穏、それはまた別の話。

耶《や》蘇《その》噂葯《うわさおとわやの》猫《ねこ》

「その話、詳しく申さぬか」

宗十郎頭巾《そうじゅうろうずきん》をまとった侍の眼光に射すくめられ、お藪《やぶ》はあわやぬる燗《かん》の徳利を落としそうになった。亭主の仁八《にはち》とここ芝居町の外れに蕎麦屋を営み幾星霜、八十路の白髪頭で迎える客はもっぱら役者や裏方、見物客――ついぞ見かけぬ侍、黒頭巾も綺羅《きら》の刀も不気味でならない。

「い、いえね、お武家様のお耳に入れるようなことじゃ……」

「今、南北《なんぼく》と申したであろう」

頭巾をほどけば、凄いほどに生白い顔が現れる。役者でたとえれば悪人面の團十郎《だんじゅうろう》か水もしたる菊五郎《きくごろう》か、白粉《おしろい》を銀光りするほど塗ったような顔だ。お藪が固まっていると、侍は眉間《みけん》に皺《しわ》を立てた。その弓手《ゆんで》が腰の刀に伸びたので、「ひっ!」とお藪は声を上げる。

「も、申します、ですからお許しを……こんなばばあ切っても、なんにもなりゃあしねえよぉ!」

厨房をちらちら見ると、亭主の仁八は小さくなってかまどの火を吹いている。あたりの客もざわつき始めて蕎麦を啜《すす》る音が次第に止んできたので、どうしようもないとお藪は侍に酌をした。

侍はその盃を静かに干すと、さあ言えとばかりにコトリと置いた。

「で、ですからね、南北さんが今度の芝居で、耶蘇《やそ》の妖術を使うんですとさ……」

遡《さかのぼ》ること半刻前。お藪はいつもの通りに稽古場から注文を受けて、役者や裏方の衆の昼飯の出前に出た。閏《うるう》六月の頭だけあって、注文の全てが冷やし蕎麦である。それが芝居小屋の皆の分となると、涼しげな白の鉢が互いに当たってチャンリンコン、チャンリンコン……音を聞きつつ河《か》原崎《わらざき》座の木戸口に着く。江戸三座のうち火事に遭った森田《もりた》座に代わって建てられた急拵《きゆうごしら》えの小屋も、四年を経てずいぶん風格が出た。「夏芝居　独道中五十三驛《ひとりたびごじゆうさんつぎ》」と大書した看板は、この小屋の座付作者・鶴屋《つるや》南北が七十三の老体に鞭打って書いた字。隣の「来たる閏六月六日初日」と書いたのぼりは、役者の筆頭・座頭《ざがしら》の尾上《おのえ》菊五郎が志願して書いたものだ。

やっぱり夏芝居は、南北一座が一番だねえ……そう思いつつ、お藪は壁沿いにぐるりと裏手に回る。楽屋口をがらりと開ければ、下足番のおやじが暑さに負けて居眠りをかましていた。

「はいちょいと、ごめんなさいよ」

声をかけて草履を脱ぐ間におやじが起きだして、お藪をぱっと見る。

「ああお藪姐《ねえ》さん、こりゃまいど……そうだ、明日も出前に来てもらって構わねえですよ」

「へ？」

言われてお藪の口があんぐりと開き、自前の歯一揃いがすっかり見えた。

「そりゃどういうことだい、明日はお調べじゃないのかい」

昨今の芝居町は贅沢がすぎているという疑いで、明日は南町奉行・筒井伊賀守政憲《つついいがのかみまさのり》の配下の同心がお調べに来るはず。そこで小屋の外の者は立ち入り無用、お藪も出前は厳禁と聞いていた。

ところが数日前にわかに、此度のお調べは日延べと沙汰があったのだという。

「よくは知らねえが、取りやめですとさ」

「そういうことは早く知らせに来とくれ……お上ってのはいい気なもんだね、あたしらは振り回されっぱなしだよ」

「変なこと言いなさんな、首が飛ぶ！」

鶴亀鶴亀と魔除けを唱えるおやじを尻目に、お藪はとんとんと段梯子を登った。そこではいつものごとく賑やかに稽古の真っ最中。とはいえ、稽古の合間を待って蕎麦がのびては蕎麦屋の暖《の》簾《れん》に関わると、「はい、蕎麦だよ！」と声を張り上げる。普段ならそれを聞きつけて作者・南北の弟子が巾着片手に駆けつけるのだが――

「おや、音之介《おとのすけ》かい？　珍しいこともあるもんだ」

「芳《よし》さんたちは、先生の手伝いにてんてこまいでやして……」

お藪の目の前で巾着から銭を出しているのは、菊五郎の弟子・尾上音之介だ。その向こうでは南北がぶつぶつと何やらつぶやきながら筆を走らせ、その周りでは吉村芳三郎《よしむらよしさぶろう》をはじめとする弟子たちが墨をするやら団扇《うちわ》で師匠をあおぐやら。毎年毎年夏になるたびに意気軒昂となる南北の姿はお藪にも見慣れたものだが、なぜか音之介は青い顔で震え上がっている。

「なんだねえ音之介？　あの先生がぴんしゃんしてんのに若いおめえさんが夏負けたあ、ろくな洒落《しゃれ》にもなりゃしねえよ」

「俺は夏負けなんざしやせん！……先生がおかしいんでさ」

「いつものこと、夏の風物詩だろ？　この冷やし蕎麦みたいなもんじゃないかえ」

お藪が呆れて蕎麦を並べ出すと、音之介も張り合うように床に銭を並べる。そのままお藪を追い出さんばかりに、ひいふうみいと銭を目の子に勘定した。

「いつものことじゃねえんでやす。今朝からずっとあのザマで、いってえどんな天魔が魅入ったか……今日は早《はえ》えとこ帰ってくだせえ！」

「冗談じゃないよ、あたしゃ先生に目通りもできねえのかい？」

毎度どうものご挨拶くらいさせとくれ——言うが早いかお藪は銭をざらりと拾って南北の方へ行きかける、その行手をまあまあと遮《さえぎ》ったのは日本一の色男。

「姐さん、こりゃうちの弟子が失礼を……まあ、俺に免じて今日のところは」

膝をついて手を合わせ、菊五郎はお藪を拝んだ。根が跳ねっ返りの菊五郎が頭を下げるとは、お藪には到底信じられない。

「……菊さん、こいつはなんかあったんだね。そうだろ？」

「……ちっと、言うに言われねえことがな……」

「そこまで言ったら白状も同然さね。さ、このばばあに言っちまいな！」

お藪も膝をついて菊五郎と目を合わせる。菊五郎がままよとばかりにひきつり笑いを浮かべると、どこからか鐘の音が響いた。

「実は南北のおやっさんがな、ご執心なのよ……」

こいつにな、と菊五郎は両手の人差し指をぶっ違いに打ち合わせた。

「……ばってんかい？」

「違えや、こうさね……」

菊五郎が左の肘を肩と同じ高さまで上げると、ぶっ違いは十文字になる。

「……きりしたん⁉」

「しっ‼」

切支丹――慶長の禁教のお触れ以来、日本六十余州で口にするのもはばかられる。なんといってもご公儀が耶蘇の踏み絵まで持ち出して、切支丹を見つけては拷問にかけているご時世だ。お藪は切支丹ではないが、首筋につうっと冷や汗が走るのもむべなるかな。

「ちょ、ちょいと……あんまり言うもんじゃないよ、そんなこたあ……」

「べらぼうめ、てめえが言ったんだろうが」

菊五郎はその場の役者衆に向かって、「おう、飯だ！　半刻っぱかし休みにすっからな」と言い捨てて隣の楽屋に移る。お藪も膝を押さえて立ち上がりあわあわと後を追えば、蕎麦にがっつく音も壁一枚隔てて遠くなった。菊五郎は座布団を二枚引きずり出し、ここなら大っぴらに話せるとばかりにどっかとあぐらをかいた。そしてお藪が汚い座布団に自分の前掛けを敷いて座るのを待ち、大息をつく。

「どっから話すか……まあ、明日のお調べが取りやめになってよお」

菊五郎が訥々《とつとつ》と語るので、お藪の老体が静かに震え出す。南北は奉行所のお調べが来ないと分かると、即座に芝居を書き直し始めたらしい。もとより夏芝居、目にも鮮やか涼やかな話を書いていたが、「お調べが来ねえなら誰憚《はばか》ることたあねえ」と千倍万倍もの大仕掛けを書き出したのだ。その趣向たるや、座頭の尾上菊五郎が十役を早替わりで演じ分けた挙句に化け猫に扮して宙を舞う。さらにはご存知広重《ひろしげ》の『東海道五十三次』になぞらえて五十三の宿場を舞台にし、五十三個の大道具をくるくる変えては芝居を進めるさながら道中双六《すごろく》の様相だ。弟子のする墨が追いつかないほどにすらすらと走る南北の筆——それに待ったをかけたのが、大道具の長老・勘蔵《かんぞう》。

「五十三もの道具を作ったって、舞台でそんなにさっさと変えられるわけがねえとよ。ま、もっともだけどな……」

さらには菊五郎自身もさすがに十役は無理があるとぼやいたし、同座の團十郎も「化粧で化け猫にゃなれねえ」と冷静に見つめる。今回ばかりは南北がやけになり、めったやたらと趣向ばかりが大きくて幕が開けられない芝居を書いてしまったのだ——その推量が一座に広まり四面楚歌、南北も針の筵《むしろ》で帰っていき数日は家に引きこもっていたという。

「そうしたら、今朝よ。なんだか変な数珠《じゅず》を首にぶら下げてな、これで幕が開けられるぞっつって勇んで来やがった」

南北に言わせれば、その数珠はロザリヨ——「こいつをくれた伴天連《ばてれん》が妖術を使ってくれるんでな、大仕掛けも早替わりも朝飯前よ」と稽古場に文机《ふづくえ》を引き据え、続きを書き始めた。奉行所の調べが取りやめになっても、切支丹の妖術など使っては騒ぎになり目をつけられる。朝飯前とて食う前に磔《はりつけ》にあっては是非がないと怒鳴りつけ、ロザリヨをもぎ取っても南北はどこ吹く風だ。

「耶蘇に帰依したんじゃねえや、こんなもん鷹の羽《は》のぶっ違いと同じさね――なんてぬかしやがったけどよ、妖術ってだけでいけねえだろ」

「……あの先生がねえ……あんた、止めなかったんかい」

「あれが聞く耳持つと思うか⁉……仕方ねえから、この際俺らも一蓮托生しようかってな……」

ため息とともにこぼした一言を菊五郎はあっと飲み込まんとしたが、もう遅い。

「なんだい、切支丹になっちまおうってかい⁉」

「あ、いや、な……ばあさん、言うなよ」

「言えるもんかね‼」


「なるほど、なるほど……」

言うなの禁ほど脆《もろ》いものもない、口の戸はすぐに開くというもの――お藪は辛抱たまらず出前を終えて店に戻り、亭主の仁八にあらましを喋っているところを頭巾の侍に聞かれてしまったというわけだ。

「奉行の調べがないのを幸いに、切支丹などという面妖奇怪な術を用いて町人めらをたぶらかす企《たくら》み……」

侍は手酌で一献ほすと、頷いて口元を緩ませる。

「これはお上への謀反であろうな」

「ええっ⁉」

お藪が耳元で叫ぶので、刀の鯉口《こいぐち》を切った。ぎょっとしたお藪が米搗《こめつ》きバッタのようにうずくまると、亭主の仁八も厨房の暖簾口から飛び出して土に禿げ頭をすりつける。その様子を見て侍はパチンと刀を納めた。

「切りはせぬ……よき話を聞いた、取っておけ」

おもむろに立ち上がって懐《ふところ》の紙入れを探り、金をお藪に渡す。その額を見れば、金一分――お藪はさらにへへえと小さくなり、頭巾をかけ直して出て行こうとする侍を見送る。

「あの、お侍さま！」

仁八が不意に叫んだ。

「ご無礼ながら、お名前は……」

「下郎に名乗る名は持たぬ」

「で、でしたら、南北先生とは、どのような……」

「……あの男が鼠《ねずみ》なら、私が猫よ」

そのまま暖簾をくぐって出ていく侍の足は乾《いぬい》へ、西北へ向かう。仁八とお藪の店は芝居町・木《こ》挽町《びきちょう》の外れ、乾に少し歩めば数寄《すきや》屋橋。そこに鎮座するのは筒井伊賀守の役宅――南町奉行所である。

「御免」

くぐり戸の傍らに立つ番侍に声をかければ、番侍は頭巾に包まれた顔をまじまじと眺める。

「何奴だ。当月月番、南町奉行・筒井伊賀守殿の役宅と知ってか」

「この頭巾ではお分かりないか。水戸徳川家重役、大久保今助《おおくぼいますけ》だ」

頭巾を外して顔を見せると、その青白さに番侍は飛び退いて平伏する。

――今助は、しぶとかった。

「ご無礼の段、平に――して大久保殿、何用あってお見えでござるな」

「芝居町は河原崎《かわらざき》座の一件につき、不穏なる噂を耳にした……お奉行職・筒井殿へ直にお伝え申したく」

今助が冷ややかに耳打ちをすると、番侍はかしこまったとくぐりを開ける。今助は刀を番侍に持たせ、共に門内へ入った。


菊五郎の口止めもお藪にはむなしいばかり。あの時蕎麦を食っていた客という客が、家で話し、辻で話し、湯屋でも床屋でも話す。江戸随一の芝居の作者・鶴屋南北が切支丹にかぶれたという噂は、江戸中に怖々と広がっていった。話を載せた読売も、その売り声が常と打って変わってぼそぼそ声。お藪が亭主ともどもに数年ぶりの芝居見物に乗り出したのも、このままでは客が入らないのではないかと案じたためである。

しかし、なぜか河原崎座の木戸札は売れに売れていた。

「くたびれたあああ～」

稽古場にうつ向けに寝転び、芳三郎はあくびと屁を同時にかました。良席の前売りを請け負う芝居茶屋が「矢のように木戸札お買い求めの御見物様が来るので手が回らない」と泣きついてきたのが不運の因《もと》。南北の命で朝から手伝いに行かされ、戻ってきたと思えばまた呼び出され、飯を食う暇もなく働かされ、暮れ六つになってやっとご赦免。ほうほうの体《てい》で稽古場に倒れ込むと、音之介に尻を蹴飛ばされた。

「あにすんでえ！」

「邪魔くさい、汗くさい、おまけに屁がくさいのよ。図体がでかくなったのをお気づきでないようねえ、芳三郎さま？」

芳三郎はその口ぶりにぎょっとして、蹴飛ばしてきた足を摑んでさらに啞然とした。

「……おめえ、毛、どこやった……？」

音之介の毛脛《けずね》は、真っ白のつるつるに化けている。音之介は「あたしが足のお手入れしちゃいけないの？」と、丁寧に足を折って横座りになった。その身に着ているのは、女物の安い古着に地味な帯。

「今度は女なの。先生が仰《おつしや》ったから、剃っただけよ」

「てめえが女形《おやま》……？」

総身の毛が立つように思えて、芳三郎はがばと跳ね起きた。

「女になりたい時もあるわ、あたしだって♪」

音之介が背中から首筋に腕を回して抱きしめてくるので、芳三郎の震えはひどくなるばかり。

「やめろ、気色悪い！　てめえはトンボでも返ってろよ！」

「馬鹿ねえ……、トンボ返るから女形なんじゃねえかよ」

音之介もいい加減飽きたらしく、切り立ての白褌《ふんどし》を晒《さら》してあぐらをかいた。飽きるととことん端折《はしよ》るのが、この男の悪い癖——芳三郎は思わずなんまいだぶと念仏に逃げた。

一体全体何がどうしてこうなった、己《おのれ》が稽古にいない間に——皆目わからないが、下手人だけはわかる。稽古場の窓際の真ん中に煙草盆を据えて、年季の入った煙管《きせる》でうまそうに煙草を呑んでいるこのジジイだ。

「じいちゃん……もとい、南北先生！」

芳三郎が神妙に座り込んでも、南北は煙をぷうと吐いて鼻で笑う。

「なんでえ、じいちゃんでいいじゃねえかさ」

「そこじゃねえよ……この芳三郎のお諌《いさ》め、聞いてくだせえ！」

「だいぶ大時代に出てきたな？」

茶化されて顔を真っ赤にしながらも、芳三郎は目一杯息を吸い込んでまくし立てる。

「いつもは捕手で十手《じって》振り回して宙返りの雨あられ、トンボ返らせたら天下一品の音之介だぜ。どうして女形にすんだよ、言いたかねえけどあいつは別嬪《べっぴん》じゃねえし」

「んだと⁉」

「ほーら見ての通りだ、こいつ気性が荒《あれ》えんだよ」

流れ玉を喰らった音之介に首を締め上げられ、芳三郎は笑いながら「勝負あった、勝負あった……」とほどかせる。

「あれに女形の化粧なんてさせたら、お岩《いわ》さまもびっくりになっちまうぜ。鶴屋南北のやることたぁ思えねえ――だからよ、だからあの曰《いわ》くつきの数珠を捨ててくれ」

芳三郎はきっぱりと言い捨てたが、夏の盛りに歯をがちがち鳴らす。しかし南北は煙管を置いて、両の手を眺めて首をひねった。

「なんのことだかわからねえ。俺ぁなんにも持っちゃいねえぞ」

「じゃあ、袂《たもと》は！」

「手拭いっきゃねえな」

「懐！」

渋々南北が懐中から取り出したのは、眼鏡と懐紙ばかり。気は済んだかとそれらをしまい、再び煙管に手を伸ばして一服を吸い切る。

「その数珠ってのは芳坊、おめえの見た幻じゃねえのか？」

なあ、おめえたち？　と煙管の雁首を灰吹に打ち付けた。それを合図にするかのごとく、菊五郎はじめ稽古に集《つど》っている衆がそうだそうだとてんでに頷く。芳三郎はううとうめいて、その場に突っ伏した。

「おーい、どうしたえ」

南北につつかれても、ガキのような涙は止まらない。

「……俺はさ、じいちゃんのこと信じてえんだよ。だから、じいちゃんの首なんざ見たかねえんだよ……」

「なんだ縁起でもねえ」

「縁起でもねえのはこっちだよ、南北が切支丹になって三文芝居作りゃあがった!! 知ってんだぞ切支丹は拷問蔵で石抱かされて終《しま》いにゃ引き回されて小塚原《こづかっぱら》で打首獄門逆さ磔火炙《あぶ》りの上島送りなんだろ!!」

顔を青くしてぎゅっと涙をこらえ、芳三郎は南北を睨みつけた。ところが南北はその様を見て呆れたように笑い出し、煙管を拾って菊五郎を指した。

「おう菊……おめえ、ガキをからかうんじゃねえよ」

「いや〜、ちょいと切支丹のお裁きについて大げさに教えてやっただけなんだが」

菊五郎は神妙な顔を装ったが、芳三郎を見ては口元が緩んで仕方がない。

「ずいぶん無垢なおぼっちゃんですこと」

娘姿の音之介はげらげらと大笑いして、突っ伏す芳三郎の上を宙返りで越えてみせる。裾さえも一糸乱れぬそのさまは、流石《さすが》にトンボの達人だ。

「いいか、芳。俺は顔で選ばれたんじゃねえ、今度の芝居、女がトンボ返ることになったのよ」

「……そいじゃ、じいちゃんは」

「キの字なわけねえだろ、女形でトンボなんざ俺にしかできねえっつう仰《おお》せさ」

「……切支丹は」

「うそだってのっ!!」

「……じいちゃん、おめえなあ!!」

芳三郎が畳をぶん殴れば、南北はどうにか笑いを押し止める。しかし他の面々はいまだに笑いっぱなしだ——菊五郎は涙を浮かべ、團十郎は必死に噛み殺し、大道具の勘蔵翁はひいひいと引き笑い。南北がよしてやれとたしなめても、一向におさまらない。

「……芳坊、いくらおめえでもわかると思ったがなあ」

「うるせえじじいっ！」

芳三郎は畳を殴りつけた右手をさすりつつ、ぷいっとそっぽを向いた。

「おめえ、気がつかねえか？　このお江戸で切支丹になろうもんなら、すぐさま家主同道でお白洲からの地獄詣《もうで》——今度の芝居が切支丹かぶれってのは、ただ噂流しただけさね」

南北は早口に言い上げると、ぼそぼそとお題目を唱える。芳三郎は安堵ともつかぬ息をついたが、すぐに気がついたか「あっ!!」と大声をあげた。

「俺が芝居茶屋に行かされたのも、そのせいか!!」

「そうさ、切支丹かぶれの芝居なんつったら御見物もおっかなびっくりだがな……客の入りはかえって良くなる、とこういうわけよ」

南北は煙草盆を手元に引き寄せた。南北の目算よりも怖いもの見たさの客は多いようで、芝居茶屋の人手が足りなくなってしまった——そこに芳三郎を送り込んでいる間に、稽古の方は鞠子《まりこ》の宿の荒れ寺・化け猫の住み家の場面に移った。この場の見ものは菊五郎演じる化け猫の怪奇芝居だが、この化け猫に化かされ操られる村娘の役がある。しかしこの役、舞台上を十二分に使って操られまくる軽業師のような役だから並の女形にはできない——

「つーわけで、俺がすね毛剃って女形」

いている。

音之介がふふんと大威張りに芳三郎を見下ろせば、芳三郎もすべて合点がいったとしきりに頷いている。

「じいちゃん、すげえや……だって今日木戸札買ってった客、みーんな騙《だま》されてたぜ！　お浪《なみ》ねえちゃんも、お杏《あん》ねえちゃんも！」

お浪とお杏は連れ立って初日の木戸札を買い求め、菊五郎は團十郎は切支丹になっていないか、もし切支丹になっていたらどうしよう、お上にばれたら小塚原の刑場まで行って最期を見物する羽目になってしまう、贔屓《ひいき》の役者が死ぬのは芝居の中だけでたくさん……などと案じては震えながら帰っていったのだ。それを芳三郎から聞いて、團菊《だんきく》は少し申し訳なさそうにする。

「しかし、二十年も昔の手がいまだに使えるとは思いませんでしたなぁ」

勘蔵が目を細めて南北に言った。

「そうさな、あんときゃあ蝦蟇《がま》、今度は化け猫……似たようなことしかやってねえや」

ふたりの言う二十年以上前の蝦蟇とは、文化元年の夏芝居のことだ。巨大なガマガエルの作り物を舞台に出し、主演の役者に水をたたえた池の中の早替わりで二役を演じさせ、おまけにこの仕掛けを「切支丹の妖術」と触れ込んで江戸中の噂として――客が客を呼び、ついには奉行所のお調べ騒ぎ。ところがどっこいタネを明かせば与力同心までが唸《うな》り、そのお墨付きでさらに大入り。なんと深秋に池の水が冷えて入れなくなるまで上演が続いたのである。

「でも、また奉行所が来るかもな」

黙然としていた團十郎がつぶやいた。しかし南北は気にもせず、「お奉行様もお客様だ、来る者は拒まねえよ」と煙管を置いて眼鏡をかけた。

「行灯《あんどん》つけな。続きの稽古すっぞ」

「待ってました！　日が暮れねえと稽古もできねえなんて、化け猫も変わった芝居だよな」

南北が煙管の羅宇《らう》を掃除し始めると、下っ端役者が小道具の行灯に火をつける。その傍《かたわ》らで菊五郎はいそいそと衣裳に着替え出した。


南町奉行・筒井伊賀守は数えで五十、奉行職を務めて七年目の大物である。職務に忠実な男で、とりわけ芝居町のいざこざは厳しく取り締まってきた。くすみ茶の熨斗目《のしめ》に渋茶の麻裃《あさがみしも》を皺ひとつなくまとった姿は、ちょうど今の今まで裁きをつけていたと一目でわかる。

「大久保、その方が直談いたしたき儀とは何事だ。只事ではあるまいな」

役宅の自室で脇息にもたれ、茶を啜って一息ついてから筒井は尋ねた。今助は畳に直に座し、頭巾を外した頭をあげる。

「火急の用件につき、出先よりそのままに推参仕《つかまつ》りましたゆえ、平服略衣は平にご容赦のほどを……」

「能書きはよい。大行《たいこう》は細謹《さいきん》を顧《かえり》みず、用を早く申さぬか」

はっと平伏し、今助はお藪から聞いたことを全て話す。筒井にはその間中、今助の紫の着流しに染め抜いた白蛇がほくそ笑んでいるように見えた。

「なんと……調べを取りやめた途端に、そのような振る舞いをいたすか」

茶をもう一服啜り、茶碗を置く手に力がこもる。今助は筒井の顔を見上げて、「恐れながら」と切り出した。

「恐れながら、何故にお調べをおやめになりました」

「与力同心の手が足りんのだ。芝居小屋ごとき悪所に割《さ》く暇はない」

「――それが手抜かりかと存じ奉ります」

筒井の頬がぴりとひきつった。

「……わしを愚弄するのか」

「決して愚弄はいたしませぬ。が、筒井殿は芝居町の者どもを少々善人と見つもりすぎかと」

筒井は無言のまま、白扇を抜いて袴を叩く。

「あの者どもは、目を離せばつけあがる――金を貪《むさぼ》るためには手段を選びませぬ。お調べをお取りやめになれば、お上に勝ったと思い込み好き放題やるのは知れたこと」

「――いかにせよと申すのだ」

筒井は身を乗り出して尋ねる。今助は頭を畳につけて、口元をこっそり上げた。

「直ちにお手勢を遣わされ、鶴屋南北以下の河原崎座の面々お召し捕りを願い上げます」

「……うむ。大久保の献策、間違いはあるまい」

筒井はすぐさま立ち上がり、袴の紐を締め直した。

「馬を引かせる、そちも参れ」

「かしこまりました」

今助が顔を上げ、筒井が与力を呼ぼうとしたその時だ。

「筒井殿、御免くだされ」

一声かけて、浅葱《あさぎ》の熨斗目麻裃を着した侍が入ってきた。

「これは榊原《さかきばら》殿、何用でござるな」

「取り次ぎも頼まず推参、ご容赦くだされ。河原崎座に不穏な噂があり、まかり出た次第」

「その儀ならばこの大久保が申したゆえ、筒井様には召し捕りに参るところでございます」

「召し捕り――それは早計かと存じます、お待ちくだされ筒井殿」

浅葱の裃の侍は、筒井に上座を促して己は襖《ふすま》のそばに座った。この侍が筒井の同僚、北町奉行の榊原主計頭忠之《かずえのかみただゆき》である。榊原は額の汗を懐紙でぬぐい、大久保を一瞥《いちべつ》して筒井の方を向いた。

「召し捕りとなれば、切支丹の妖術が真《まこと》だと極《きわ》まったのでございますか」

「……極まったとまでは言われぬが、まず真であろう」

「それではなりませぬ！」

榊原の若く涼やかな顔が、キッと強張《こわば》った。筒井は思わずたじろいだが、身を正して何故かと促す。榊原はごくりと唾を呑んで喉を濡らした。

「万に一つでも妖術の噂が嘘であれば、町奉行が空虚な噂に踊らされて手勢を率いて芝居小屋を潰《つぶ》したということになりましょう。さすればこれは奉行の落ち度、民に憎まれて大岡裁きができましょうか！」

一気呵成の榊原の勢いも手伝って、筒井はほうと頷くばかり。そのまま今助と榊原を白扇で交互に指して、榊原の前で止めた。

「榊原殿、いかにも貴殿の仰せの通り。此度の召し捕りは見送るが吉だ」

これに榊原は胸を撫で下ろしたが、おさまらないのは今助である。

「恐れながら、その内にもあの者どもはのさばり」

「くどいぞ大久保。両町奉行の裁断におぬしは反駁《はんばく》なすか、陪臣《ばいしん》めが」

筒井に陪臣と言い捨てられて、今助の渋顔《しぶがお》はますます苦くなる。

「真か否かは芝居が開けば分かる、時の至るを待てばよい」

筒井は何気なく言っただけだ。しかし今助、はっと気がついた。

「ならば、筒井殿がお確かめあそばしてはいかがです」

「……何を申す？」

筒井の白扇が己の方を向いたので、今助は舌先で歯の裏を舐めた。

「百聞は一見に如《し》かずと申します。芝居が開いたその日に筒井殿がお忍びで河原崎座を見物なされば、切支丹の妖術かは一目瞭然」

今助の言葉に筒井は頷いたが、一方の榊原は眉根を寄せる。

「大久保、それで妖術でなければいかがいたす。奉行が噂につられたと世上の口の端に上れば、我らは権現さまの墓前で腹を切らねば相すまぬぞ」

「そこでございます」

今助は不敵な笑みを浮かべた。

「妖術でなければあの者どもには、偽りの噂で江戸の町を惑わせ、さらには奉行を騙した罪がございます」

――いずれにせよ、召し捕りになりましょう。

これには榊原も、つい頷いてしまった。

噂が噂を呼び、初日早々大入り札止め。文政十年閏六月六日、暑い盛りの夏芝居だというのに河原崎座の木戸口には大行列ができた。芝居茶屋が案内する上客の人頭は尋常ではないし、挙句に木戸口の前では立ち見の木戸札を求めて客がさまよっている。

「切支丹の妖術ってなあ、ほんとかねえ」

「あの南北だ、やりかねんぞ」

「妖術はどうでもいいの、あたしゃ菊さまのにゃんこが見たいんだよ」

「あたしもあたしも！　色男のかわいい役っていいよね！」

「しかし、菊五郎も伴天連とつるんでいると聞いたが」

集う目当てはさまざまあれど、ここ河原崎座の初日につめている者は皆どこかで切支丹の噂を気にしている。小屋の中ではお茶汲みの若い衆が、客のざわめきに紛れてさらに噂のタネをまく。

「伴天連の宣教師殿は、もうお見えか」「ロザリヨは神棚にちゃんと捧げたろうな？」――うっかり耳にしてしまった見物客は、もう平静ではいられない。その噂のタネが南北の策略とも、掌《てのひら》の上で踊らされているとも知らずに、である。

「お杏ちゃん、もういいよね！」

「え⁉ どしたの急に……」

これが贔屓の最後の舞台かもしれないと、二階の桟敷を奮発したお浪とお杏のふたり。品のある見物席に似合わぬお浪の大声に、お杏はあわててひそめ声で聞き返した。

「切支丹でもなんでも、菊さまはあたしの菊さま。今日はめいっぱい惚《ほ》れて、もう惚れ飽きたくらいになって帰ろうよ？」

「……それもそうね！ さすがの成田屋《なりた》も、妖術で芝居が下手になりゃしないでしょ！」

今生の別れではあるまいかとばかりの涙目を押し隠し、お杏は微笑んでみせた。お浪もつられて笑顔をつくり、「こんなお芝居見物、最初で最後ね！」と衿を直す。ちょうどふたりの席から見下ろせる平土間の花道横、一階の安い席には老夫婦――お藪と仁八が小さくなっていた。

「かかあ、こんな混む日に来るこたあなかったろ」

「うるさいね！ 江戸っ子は初物食いさ、切支丹の妖術はいの一番に見にゃ損だろ！」

「でけえ声で言うな！ そもそも生まれは田舎じゃねえか、おいらもおめえもよ……」

お藪と仁八のまわりは足の踏み場もないほどに人で埋まり、二階のお浪とお杏から見ると髷《まげ》と月代《さかやき》とかんざしだけが並んでいる。もちろん二階も人だかり――だが、幕が開く頃になってもふたりの隣の座布団三つだけが空いたままだった。

夏芝居「独道中五十三驛」の幕が開くと、まずは京の三条大橋。ここをふりだしにお江戸日本橋目指して東海道を東へ東へと仇《かたき》を追っていくのは、團十郎演じる血気の若侍――彼が道中で出会う十人を、菊五郎がひとりで演じ分ける。おまけに朝から晩までの芝居の中で、場面は東海道の五十三宿。この怒濤《どとう》のような舞台替えは、長谷川勘兵衛《はせがわかんべえ》・勘蔵率いる道具方が知恵をひねった賜物だ。役者から裏方、さらには客を案内する若い衆までもが八面六臂《ろっぴ》に立ち働き、芳三郎はかつら師の友九郎《ともくろう》の手伝いに駆り出されている。南北一座の総力を以て、壮大な夏芝居を仕込んでいるのだ。

さて三条大橋から芝居が進むにつれて、東海道のあちらこちらに菊五郎が神出鬼没。京では馬子《まご》となり、伊勢国鈴鹿の山中では二枚目の若侍だ。かと思えば三河国では非業の死を遂げる美女にまで化ける。この早替わりの速さたるや、舞台裏はさぞかしてんやわんや――と、常なら御見物の客人たちも思うところだが。

しかし、そこは南北の知略謀略。

江戸市中に撒き散らした噂が功を奏し、満座の御見物は切支丹の妖術におののきながらも舞台から目を離せない。それもそのはず、舞台の板の上で繰り広げられる奇々怪々の仕掛けの数々は皆の想像をはるかに超えている。もはや全くタネがわからない、妖術としか思えない。

そうこうするうち舞台は富士のお山がようよう遠目に見える辺、京から三十四番目・駿州は鞠子の宿の荒れ寺。菊五郎演じるここの寺守りの老婆こそ、人を喰らう猫又の化けた姿である。團十郎扮《ふん》する若侍は道案内をしてくれた愛嬌ある村娘（これが音之介の世にも珍妙な女形）ともども、老婆に一夜の宿を頼んでころりと高いびき。その油断につけこんで老婆が化け猫の本性を表すいよいよ見せ場、鞠子の宿は菊五郎の化け猫怪奇譚のはじまりはじまり――と「荒れ寺の場」の幕が開いてしばらくすると、頭巾で顔を隠した三人組がお浪とお杏の隣に入ってきた。

「こちらでございます」

小屋の若い衆が座布団をすすめると、皆が静かに座って大小をぐっと押し下げた。やや若そうなひとりだけが、若い衆に振り向いて辞儀をする。

「こんな遅くに来るなんて、贅沢な見物ね」

「ちょっと、お武家様だよ……黙って」

三人の衣擦れの音にいらだったお杏を、お浪がささやき声で止めた。三人の侍は頭巾を被ったまま懐紙と矢立を取り出し、舞台を注視し始めた。目だけが見えるその姿は、まったくもって芝居見物に似つかわしくない。

(……変な人たち)

お浪はもう気にしないことにして、舞台で老婆を演じている菊五郎を見つめた。いつもの「菊さま」の美貌はどこへやら、顔中に皺を描き散らして腰が曲がった立ち姿――それを補って余りあるほど芝居は天下一品、お浪もお杏も釘付けである。菊五郎自身も随分と楽しげに、田舎のばばあらしく腰をさするやら、膝を揉むやら。お藪が「あれ、あたしの真似じゃなかろうね」とこぼすのもよそに、今度は客に背を向けて肩が痛いとぬっと手を出し……

「え、あれ⁉」

お浪が目をしばたたいた。ほんの一瞬菊五郎の手が可愛らしい三毛猫の手になり、立派な爪が肩の肉に食い込む――「おっと、誰も見ぬな……？」と低い声でつぶやいて、老婆は手を引っ込めた。よっこいしょと客の方に向き直ると、なんのことはない皺くちゃの手だ。お浪はもちろん、皆という皆が狐ならぬ猫につままれた思いである。二階の桟敷では頭巾の侍のうち、年嵩《としかさ》そうな者の筆がしゅっと走った。

「よう寝ておる、よう寝ておる……侍喰おうか、娘喰おうか」

老婆は腰を曲げたまま立ち上がり、いそいそと行灯に火を灯《とも》した。途端にあたりは真の闇、芝居小屋のあちこちから悲鳴があがる。いまや明かりは行灯ただひとつ、老婆がぼうっと見えるばかり。

――ガラッ。

物音に老婆は振り向き、その手には再び猫爪が生える。思わず叫んだお杏の金切り声が小屋中に響き渡った。

「誰じゃ、喰ってしまうぞよ！」

睨んでも言葉はない。ただひと声、にゃああ～……

「なんじゃ、ブチに、ミケか！」

老婆が行灯を近づけると、猫が二匹ちょこんと座っている。可愛い首を伸ばして行灯の油をなめたがっている様子に、老婆も見物客もほっと笑った。行灯の芯は鰯《いわし》の油に浸す、それを猫が舐めるのは見慣れた景色。

「やらぬ、やらぬ。舐めたくば……そうじゃ、踊りを見せてくれろ？」

けちな老婆が首を振り、それひいふうみいよと数えれば——なんと猫ども、二本の足で立ち上がった。

「猫じゃ猫じゃとおっしゃいますが、猫がナァ、猫が二本足で踊り踊ってよいものか、サテおっちょこちょいのちょいちょい——ええぞ、ええぞ」

老婆の歌に合わせて、猫は流行りの踊りを軽妙に踊る。見物客は、笑っていいのか怖がるべきか——ひきつり笑いを浮かべては、あれも妖術かと震え出す。ひとしきり猫が踊りおさめると、老婆は行灯の中の油皿を取り出して舐めさせた。満足してどこかへ消えた猫どもを見送って、老婆は再び行灯をもとのところに戻して座り、肩を揉む。

そうして、にいっと笑った。

「……どれ、舌を濡らしておこうか」

海老のように曲がった腰を、ぼきぼきと鳴らしながら伸ばす。柳のような体軀《たいく》が、老婆の姿と不釣り合いで凄く、かつ怖い。そして行灯に顔を近づけ、貼った紙を鼻で突き破り、中に首を突っ込めば——

「きゃあっ！」

お浪もお杏も声をあげた。なんと行灯の火に照らされて映る老婆の影は、耳がピンと立った猫の姿。小さな口から細長い舌をにゅうっと出して、油をぺろぺろ、ぺろぺろ……

「お、お杏ちゃん、これ……」

「うん、もしかすると、もしかする……」

満座の大入り客がわっと叫んだ声を各々ぐっと呑み込み、一気に小屋の中が暑くなった。おかげで「ようよう、妖術お見事!!」とお藪のがなり声が小屋中に響き、仁八はやけっぱちとばかりに古扇子で己をあおぎまくっている。お浪とお杏は震えあがり、顔を手で覆って指の隙間から舞台をそっと見る。静まり返った小屋の中で、今度は若い頭巾の侍が筆を動かした。

この老婆こそ化け猫であった——そのことに今気がついたのは、芝居を見ている者だけではない。奥の庫裡《くり》で寝ていた村娘は、障子の破れ穴からうっかり見てしまった——逃げようとしても、足はあってなきが如し。

「おなご、見たな……」

行灯から首を抜くと、菊五郎の面影も老婆の皺も何ひとつない。そこにあるのは毛むくじゃらの顔、小さな黒い鼻、黒目がちな目玉に三角の耳——まさしく、人喰いの化け猫。

「ば、ばあさま、おら、なんにも見てねえだよ、助けてくんろ……」

「そこを動くな、命はもらった！」

大音声《だいおんじょう》に感ずるかのように、化け猫の手から鋭い爪が伸びる。その爪に着物の衿を引っ掛けられ、音之介演じる村娘は化け猫の膝に踏み敷かれた。

「……ただ喰ろうても面白うない。ちと遊んでやろうかの？」

化け猫の楽しげな声を合図に、舞台の袖からあの「猫じゃ猫じゃ」の歌が面白おかしく聞こえてくる。化け猫が膝をどかしても、村娘は起き上がらずに白目を剝《む》き、首を絞められた死体のようにだらりと手足を伸ばしている。

「さあさあ、あやつり芝居のはじまり、はじまり〜」

化け猫は高らかに笑うと、猫の毛むくじゃらな手を娘の上にかざす。その手をぐるりと回すと、娘は仰向けのままぐるりと回って頭と足を入れ替えた。今度は化け猫が逆向きに手を回せば、またもや娘も回って元に戻る。

化け猫はきゃっきゃと笑って、宙に手を差し出して引き上げた。すると娘はだらりと手足を伸ばしたまま、髪の毛を引っ張られるように立ち上がる。もはや芝居の見物衆には、化け猫が妖術であやつっているようにしか見えない。

化け猫がひいふうみいと手を振ると、娘は三度続けて宙返り。ふわりと地に降り立ってだらりと立つやいなや、化け猫が「にゃ〜ご」。声に合わせて娘はゆっくりと前に倒れ、顔から床にぶつかった——その刹那《せつな》、ぎゅんと天高く跳ね飛んで後ろ向きに宙返り。傷ひとつ作らず、着物も乱れぬそのありさま。

「……すご！」

感に耐えかねたお杏を、「しっ！」とお浪が制した。下では仁八が念の為にとお藪の口を押さえて、禿げ頭を乗り出して化け猫と娘を凝視する。

化け猫がふわふわの両の手をぽんと叩くと、娘はふらふらと行灯に近づいた。満座の見物客が、火に近づけばあの娘が危ないとざわめき出す。そんな不安はご無用とばかり、化け猫は手をひらひらと揺らす——娘は行灯の木枠に手をかけ、汗ひとつ流さず逆立ちになった。そのまま足を天井の梁《はり》に引っかけ、ぶらーんぶらーんと揺れている……その白目を剝いた顔が、行灯の火に照らされる。化け猫が真っ赤な舌を出して大笑いすると、その絵面《えめん》に見物の衆はぐっと息を呑み、みじろぎひとつしない。

――あの不気味な侍三人を除いては。

「ご同役、これは妖術ではあるまいか」とひとりが問えば、「即断はできませぬが、かなり」と若いもうひとりが返す。最後のひとりは舞台を見ずに、ふたりの侍の手元の懐紙を読んでいた。

そのうちにもどんどん娘の体の揺れは激しくなり、天井にぶつかりそうになる。「あっ!!」とお浪が叫んだ時には、娘はまた別の梁を両手で摑んで逆上がり、そのまま天井裏へ――化け猫が天井を睨んでひょいひょいと手を振れば、娘は天井の板ごとずしんと落ちてきた。それでも白目を剝いたまま、化け猫の手拍子でだらりと立ち上がり、ひとつ宙返りをして床下へ消えた。追いかけて化け猫も床下へ消え、舞台はがらんどうになる。

見物客が息をついたのも束の間、にゃあにゃあと大きな声が鳴り響き、ばきぼきと何かの折れる音がする。女の悲鳴が聞こえたのは、はたして見物客の誰かであろうか。

するとのっしのっしと大股に、化け猫が奥の庫裏から現れた。その口元は血に染まり、心なしか腹も膨《ふく》れている。

「もの足りぬ……あの侍、腕が立ちそうじゃ。寺ごと焼いて喰らうがよいかのう!」

口の周りの血を舐めて、赤く染まった手で顔を洗う。仁王立ちになると、行灯の火が木枠ごと燃え上がって化け猫を包んだ。見物客が驚く間もなく、化け猫は火の中へ消えていく。荒れ寺も火に巻かれ、壁が剝《は》がれ、天井が落ち、刹那《せつな》のうちに焼け落ちた。

「え、ちょっと、成田屋！」

お杏の絶叫が小屋中に響く。舞台は一面が寺の残骸で埋まり、その向こうには荒れ野原。もうもうと立ち込める埃の中から、残骸をかき分けてげほげほ咳き込む音と刀のきらめきが現れた。

その咳の声色にお杏が安堵したことはいうまでもない。

團十郎演じる若侍は、刀を鏡代わりに乱れた髪を直し、その場に座りこんだ。

「寺を焼き払う騙し討ち、これはいかなる怪異の仕業か!?」

「阿呆侍めが、この鞠子に名高い化け猫の姿が見えぬのか」

不意に、どこからか声がした。若侍はおろか、御見物までもがどこだどこだと声のもとを探す。

だが、舞台の上にも花道にも化け猫の姿は見えない。

「おのれ化け猫め、姿を隠すは卑怯千万。どこにおるのだ！」

「これにおる」

笛と太鼓の大嵐のような音色に紛《まぎ》れて、暗闇の上方から再び声が響いた。ちょうど花道の真上、そこに十二単をまとった化け猫が浮いている――

「ええええっ!?」

仁八があげた野太い驚きも、小屋中の歓声にかき消された。不気味な侍たちは「決まりかと」「妖術だな」と頷きあっているが、開いた口が塞《ふさ》がらないお浪とお杏は気づかない。

「しぶとい侍じゃの、命ひとつ拾ったと三拝九拝するがよい」

「何を馬鹿な。天下を乱す妖怪、我が刀の錆《さび》となれ！」

若侍が睨んでも、虚空はるかに浮かぶ化け猫に刃は届かない。

「雲の果てまでひとっ飛び、はて面白き眺めじゃなあ」

猫の手で檜扇《ひおうぎ》をばらりと開くと、すーっと閉まる幕に若侍は歯嚙みしながら覆い隠された。ひとり化け猫が宙に浮いて「はっ！」と声をかけると、小屋の中が一気に明るくなってきらびやかな十二単と二又の尾っぽがよく見える。化け猫はうきうきと踊りながら、小屋の天井すれすれを飛んでいく。

猫じゃ猫じゃとおっしゃいますが、猫がナァ、猫が十二単着て飛んで雲井へ行くものか、サテおっちょこちょいのちょいちょい――と賑やかにひとくさり唄が終わるころには、化け猫はどこかに飛び去った。

あとに残された御見物は、ただ呆然たるばかりであった。

菊五郎の化け猫はじめ十役早替わり、一座総出の大仕掛けの夏芝居。切支丹の妖術ではないかと恐る恐る来ていた御見物までがあまりの迫力に立てなくなり、芝居が終わってほとんどの客が帰るには普段の倍の時がかかった。それでも平土間からお藪と仁八が立ち上がり、木戸口で「菊さんに言っとくれ、えらい妖術だったたってさ！」と楽しげに帰っていく頃には、二階桟敷に五人が残るばかり。

「……お浪ちゃん、南北の顔見に行かない？」

「うん、すごかったもんね……」

妖術でもなんでも、すごいものはすごい。ふたりが紗《しゃ》の羽織を着直して楽屋の方へ向かおうとすると、頭巾の侍が「しばらく」と声をかけた。

「……ご用ですか？」

お浪がお杏を制して返す。頭巾の侍は頷いて、五十路の頭をあらわにした。

「鶴屋南北に用がある。呼び出してはくれぬか」

「……失礼ですが、どなたさまでしょう？」

「当月月番、南町奉行・筒井伊賀守政憲」

お浪とお杏が息を吞む間もあらばこそ——残りのふたりも頭巾を取れば、立派な武家の髷姿。

「同じく北町奉行・榊原主計頭忠之」

「案内として水戸徳川家重役、大久保今助まかり越した」

取り次ぐくれい——と聞くやいなや、ふたりの娘は楽屋へ駆け出した。

しかし楽屋では初日振る舞いの真っ最中。ふたりが大慌てで伝えても、酒が入っているのか南北は「おいでなすったか」と豪気なものである。

「南北、逃げなさいよ!!」

「首が飛ぶかもしれないんですよ!?」

ふたりの心配も気にかけず、南北は役者と裏方に舞台に集まるよう命じて、己は悠々と二階の桟敷に現れた。お浪とお杏は帰り時を失い、平土間の隅で小さくなっている。

「これはお奉行さま方、見苦しきところへようこそおいでを」

「狂言作者・鶴屋南北とはその方だな」

南北が頭をついて平伏すると、筒井が重々しく尋ねる。舞台に集まった面々は、今度ばかりは二十余年前のようにはうまくいくまい、噂を鵜呑みにした奉行に皆で捕まり島流しだ——と覚悟はしたものの顔がひきつっている。その中で、「こりゃあお白洲だぜ……」と菊五郎が口に出してぼやいた。

「早速ながら、世を乱した咎を以《もっ》てこれにて召し捕る。大久保、捕縄《とりなわ》を」

今助が頷いて袂から捕縄を出す。南北はぶるぶるっとひとつ震えた。

「申し、恐れながらこの老いぼれめには、召し捕られる覚えはございませんが」

「黙れ」

今度は今助が冷ややかに吐き捨てた。

「貴様は切支丹の妖術なんぞを用いて芝居を作り世間を陥《おとしい》れた。これをお上への謀反と言わずして何と言おう、召し捕らずにはおかれん」

この悪党め——銀延べの煙管で殴られて、南北はようやく今助に気づく。

「……てめえに会うとは思わなんだな、今助」

「口を慎め、天下の謀反人」

「謀反人ねえ……俺っちは光秀《みつひで》とは似ても似つかねえはずだがな」

じろっと睨めば、今助もぎろっと睨み返す。見かねて榊原が今助の肩をぽんと叩き、割って入った。

「南北とやら、その方なにか言い分があるのか？」

「……お奉行さまにご無礼とは存じやすが、ちっとばかし」

榊原の方が話が分かりそうだと思ったのか、南北の口調も少し砕ける。榊原も南北のゴマ塩頭を見下ろして、うむとひとつ頷いた。

「奉行とて鬼ではない。言い分があれば申せ」

そのひと声に、南北は懐から浅葱の手拭いを出して額をぬぐう。

「……そんなら申しあげますが、あの噂は真のことじゃねえんでさ」

「何と申す」

思わず筒井が口を挟んだ。最前の化け猫芝居を見て、切支丹の妖術という噂の通りだと納得したばかりだが――

「あの奇天烈なる芝居が、妖術ではないと申すのか!?」

「左様で。ありゃ何から何まで、芝居の者の腕でございますよ」

「ううむ……にわかには信じられんが」

筒井が眉根に皺を立てて疑えば、榊原は感に耐えかねたように口を開けている。

「そんならちょぃとお見せいたしやしょう」

にやりと笑うと南北は舞台にいる勘兵衛に向かって、化け猫の荒れ寺の大道具を建てるように命じた。勘兵衛は六尺の図体に似合わず固まっていたが、はっとして若い衆を連れて大急ぎで道具を取りに向かう。

「おおかた妖術とお思いなすったんは、この化け猫のくだりじゃございませんかね」

「い、いかにも」

筒井がたじろげば、南北は衿を直してその場に立ち上がる。

「おう、行灯出せ！」

南北の言葉に、へえいと猫の着ぐるみを着た下っ端役者が小道具の行灯を持ってきた。しかし震え上がって舞台の隅に置くものだから、南北に怒鳴られて見やすい位置に置き直す。上では三人の侍が、下ではふたりの娘が、何が起こるかと身を固めている。

「ばばあが首を突っ込むと不思議や不思議、化け猫の顔が現れる。よっくご覧くださいましよ」

南北の合図で行灯に火が灯ると、誰も首を突っ込んでなどいないのに猫の横顔が浮かび上がった。

「お分かりでしょう、ありゃ中に猫の顔に切り抜いた布を貼ってあるんでさあ。うまい具合に影が出る」

今度は「おーい、舌！」と声をかければ、菊五郎があいよと懐から細長い紙切れを出した。

「こいつを咥《くわ》えて動かすだけ――どんなもんでえ」

南北の後詰《ごづ》めにと、菊五郎はさらに付け耳を出す。髷の上からかぶった姿に、思わずお浪がはわわっと息を呑んだ。しかし、次に出てきたものにはお浪もお杏もぎょっとする。

「こっちは作りもんの猫の手さ、爪までよーくできてんだろ？」

芝居に映えるように象牙造りよ――菊五郎は見てみろとお浪に差し付けたが、ぶんぶんと首を振られてつまらなそうに引っ込めた。
「な、ならば南北、あの娘が操られたのはどうなっておる」
筒井が桟敷の手すりから身を乗り出したので、榊原があわてて引き戻す。
「へい、お見せしやしょう。音之介！　行灯のぼって、トンボ返って天井あがれ！」
呼ばれて音之介は面倒だのくたびれるのとぶうぶう言いながらも、島送りから逃れるためなら
と行灯の上で逆立ちしてそのまま宙返り。着地したと思ったら跳ね飛んで、天井の梁を摑んで一
回転し屋根裏へ消えた。
「……見事な軽業……」
榊原も感服したとみえて、しきりに頷いている。その様子に気をよくしたか、「こいつはおま
けでさあ！」と音之介は天井の板を落としてそこから飛び降り、床に切ってある抜け穴に飛び込
んだ。これには両奉行ともどもに目を白黒するばかり、南北は恐れ入りやすと頭を下げた。
「あとは大仰なんでお見せはできやせんが、寺の道具は崩れる仕掛けがありやしてね。行灯が燃
え上がったのはただの赤い布、揺らしてやって火の明かりに照らすと火事みてえに見えやす」
舞台の方で勘兵衛が早とちりして仕掛けの釘を抜いたので、寺は半壊、皆はあたふた。うっか
り筒井も笑ってしまったが、ただひとり面白くないのは今助だ。
「南北、しからばあの飛行の術は何だ、答えよ」
「……てめえもよっぽど、俺っちを切支丹にしてえみてえだな」
南北は今助に向かって鼻で笑うと、奉行ふたりに頭を下げて花道を見るように促した。

「おーう、勘蔵！　綱下ろせ！」

南北の声に、「合点でさあ！」と天井から勘蔵の皺のある声が返ってくる。すると花道の真上から、するすると丈夫な墨染めの太綱が降りてきた。すぐさま菊五郎が綱の下へ走り、腰に三周回してしっかと結ぶ。

「いいぞ勘蔵じいさん、上げてくれ！」

菊五郎の合図で、綱はぐんぐんと引き上げられ、菊五郎の体は中天高く――

「雨戸閉めろい！」

重ねて南北の指示が飛び、勘蔵は天井近くの通路を小走りで通りながら雨戸を閉めていく。一気に小屋の中は暗くなり、綱は一切見えなくなった。ただ中空に浮いているのは、菊五郎ばかり。

「芳坊、ツケ打てるか!?」

「あいあーい！」

菊五郎が吼《ほ》えると、暗闇の中で芳三郎の甲高い声がした。菊五郎は腰の一点を吊られた不安定な体勢でありながら、ぐっと下っ腹に力を込めて空中に仁王立ちだ。

「いっくぜ～!!」

芳三郎の声は舞台の隅から響き、幕切れの見得に使う大仰な打ち方でツケが入る。バタバタと徐々に速く強くなるツケの音に合わせて菊五郎は両腕両脚を広げていき、目を剝いてバッタリと大見得を切った。

「菊さま、怖くないの!?」

思わずお浪が絶叫した。菊五郎は下を見て、色男の笑みを浮かべる。

「芝居で死んだら本望でぇ!!」

その咆哮にお浪はもちろん、お杏までが思わずうっとり。奉行ふたりも桟敷から落ちんばかりに身を乗り出した。闇の中でその様子を悟った南北は、声を張り上げて雨戸を開けさせる。

「――ざっと、こんなところでさあ」

南北が髷をなでつけると、筒井が嘆息して南北に振り向いた。

「信じられん、これが皆人間わざか。芝居町の衆はかほどに命知らずか」

「わっちらはみんな、あの馬鹿と同じでさあ。御見物のためなら何でもしやすよ」

南北はわずかに照れを隠すように、ふっと笑った。

しかし、今助は銀延べの煙管をくるくると回している。

「ならば老いぼれ。貴様は偽りの噂を流して世を乱し、お奉行職のおふたりまで惑わせた――これまた罪だ、召し捕りに値するぞ」

仕方のない鼠めが、と今助はさも憐れみを込めたようなまなざしで南北を貫いた。天井から戻る途中の勘蔵は、思わず足を滑らせそうになった。舞台の上に集っている役者衆も裏方衆もあっと声を上げる。仕掛けだと納得したからといって、偽りの噂で奉行の足を煩《わずら》わせたと言われては返す言葉もない。

だが、南北の方は屁とも思わずけろっとしている。

「それが罪ならどうぞお召し捕りを。俺っちは寄場だろうと八丈の島だろうとどこでも行きやすよ」

「これはまた、えらく神妙な……」

榊原が怪訝な顔をした。それを見て、南北は時節到来と口元に薄笑みを浮かべる。

「その代わり、お奉行さま方は芝居をご覧になったんだ。芝居のことも裏のことも、御見物とわっちらの心意気も何もかも――わからねえたあ言わせねえ」

今助の煙管がぽとりと落ちた。思わず榊原は筒井と顔を見合わせる。

「これからは芝居町のお取り締まり、きつくしすぎねえでくださいましよ」

どれだけ引き締めたって、こんなことやってりゃそりゃあ銭もかかりまさあ――南北は舞台を見下ろす。そこには役者がずらり、裏方がずらり、贅《ぜい》を尽くした大道具、絢爛なる衣裳……芝居のすべてが、そこにある。

不意に榊原が「あっ！」と叫んで手を打った。

「南北、さてはその方、筒井殿のお調べを待っていたのか！」

この一言に南北は、榊原に頷いてから筒井の前に頭を下げた。

「ご賢察の通りでごぜえやす。お調べに奉行所の同心さまがお見えになりゃあ、芝居町の真の姿をお伝えできると思っておりやしたので」

「うむ……それで切支丹の妖術などという噂を流し、まんまと我らをおびき寄せたか」

筒井が渋面で南北を見る。南北は何も言わずに、ただ頭を下げ続けた。河原崎座の中は、芝居の時とは打って変わって冷え切っている。舞台の上の菊五郎たちも、平土間のお浪もお杏も、そして今助も、筒井の挙動をひたすら見ている。当の筒井は、ううむううむと唸るともなく唸るばかりだ。

「筒井殿」

その静寂を破ったのは、榊原だった。

「確かに南北一座、此度の振る舞いには私も思うところがございます――しかし、ここまで見事に騙されるとなにやら爽快に存じますが、いかがで」

榊原は袴のちりを払い、筒井に横目を使う。筒井はひたと唸りをやめ、榊原をじっと見た。

「なるほど榊原殿、貴殿は知恵者だ……実はわしも、此度は我らの負けだと思うぞ！」

筒井は憑き物が落ちたように大笑する。冷え切った小屋も一度に熱を取り戻し、舞台の上では役者たちが、裏方たちが大騒ぎを始めた。南北はそれを一瞥し、奉行ふたりに心から平伏する。

「無作法に騒ぎまして、申し訳も……」

「構わぬぞ、これが芝居町というものだとよく分かった」

榊原がにっと微笑み、筒井も柔らかな顔で袴の紐を締め直した。二階の桟敷から平土間を見下ろせば、お浪とお杏が菊五郎のもとに駆け寄って騒いでいる。

「菊さま、どうして言ってくれないの！」

「いや、言うも何も、俺も知らなかったぜ⁉」

「嘘つかない！　お浪ちゃんが可哀想でしょ‼」

「知るわきゃねえだろ、嘘の噂でお奉行さま招くなんざ……おやっさんでなけりゃ思いつかねえよ！」

柳の下の二匹目の蝦蟇、てっきりその手の金儲けだと思っていたから開いた口が塞がらない。それは皆も同じようで満座のざわめきはわいわいと止まずにいや増す、その中で――今助だけは、銀延べの煙管を折れんばかりに握りしめている。

「……恐れながら、このようなご沙汰では徳川のお名に傷がつきまする」

「たわけたことを申すな、大久保。わしと榊原殿の胸に留めておけばよい、この程度で崩れる御公儀ではないぞ」

筒井にたしなめられても、今助は納得がいかない。

「されどあの者どもは口先三寸、嘘でまかせを飯の種に」

「その嘘でまかせに負けたのだ、控えよ」

榊原は冷淡に言い捨てると、南北の手を取る。

「南北、その方の筋立てに乗せられた。なんとも面白き芝居であった！」

筋張って墨が染みついた手を、榊原はそっとなでた。南北は顔を上げると「かたじけねえことで」と微笑む。

「まあ、それっきゃできやせん、それが生業《なりわい》でごぜえやすから……」

そう言った声は、少し普段よりうわずっている。筒井もさもありなんと頷いた。

「そうだ、これほどに良きものを見せてもらった上は、なんぞ遣わしたいが……」

榊原は褒めを言うだけでは飽き足らず、懐を探り出す。しかし褒美にふさわしいものはないようで首をひねっていたが、やがて悟ったように南北の前に片膝をついた。

「南北、小屋の者一同に金千両を遣わす。後で届けさせるゆえ、それで許せ」

これには南北の礼も、舞台からの礼でかき消された。菊五郎が「そんなら半分は俺の取り分な」と無邪気に言って、團十郎や勘兵衛から袋叩きにあっている。お浪もお杏も呆れるやら、笑い出すやら。

一方で榊原は、「筒井殿は」と水を向ける。

「ああ……わしは月番であるゆえ、貴殿のように手持ちの金から出すのもいかが……だがなんぞ褒美を……」

再びうんうん唸って、やっと筒井はおおと手を打った。

「南北よ、近いうちに奉行所より芝居町へ沙汰があろう。その沙汰に限り、諫言《かんげん》で留めておこうぞ」

直近の一度だけは、奉行所から芝居町へは罰を下さず忠告に留める――これも南北にとっては、千両万両に肩を並べる褒美だ。思わず平伏した頭を、さらに畳にすり付けた。

しかし、これに納得がいかない者がただひとりいる。

「お待ちくだされ、お奉行職ともあろうお方がそのような勝手な振る舞いはいかがかと」

「くどいぞ大久保。此度の一件、これ以上の沙汰があるか」

筒井に吐き捨てられ、榊原には無言で射すくめられ、おまけに南北は見上げて得意満面。冷酷無比な今助も、流石に気がふれたのか。

「この老いぼれを小伝馬《こでんま》の大牢に入れねば、私は寝覚めが悪くて仕方がない」

ぼそっと呟いた一言は、奉行の耳に入った。

「おのれ、奉行を私欲のために弄《もてあそ》んだと申すか！」

榊原が一気に激昂し、刀の柄《つか》に手をかける。今助はしまったと口を袂で隠すが、もう遅い。榊原の手を留めて、筒井が今助を見下ろした。

「これ大久保、今の言葉は聞かずにおこう……ひとつ頼みがあるが、よいか」

「……何事でございましょう」

「わしの名代として、南北に金千両を与えい」

今助の顔は知らず知らずのうちに歪《ゆが》んだ。

「嫌か。ならば役宅まで参れ、白洲から二間牢《にけんろう》へ送るがどうだ」

これにはぐうの音も出ない。今助はわなわなと後に退り、蛇が這《は》うように小屋を出て行った。

「ご贔屓、おありがとうごぜえやす」

南北は、にっと舌を出して笑った。


その後、南北の元には金千両が届いた。大久保今助といえども、町奉行の威光は眩《まぶ》しいらしい。また榊原から届いた千両は小屋の者で分けたが、その分配をめぐっていささかのいざこざがあったという。

同年十月の末には、筒井伊賀守から芝居町に申し渡しがあった。その中身は約束の通り諫言に留まり、南北ら芝居町の衆が胸を撫で下ろしたことこの上ない。明けて文政十一年には、菊五郎と團十郎が名実ともに看板役者となって全盛期を迎えた。その一方で今助は江戸での醜聞が表沙汰になり、水戸徳川家の内輪揉めに巻き込まれたという体で蟄居《ちっきょ》謹慎を喰らった。この後、芝居町に今助は足を踏み入れなかったという。

さて当の南北はといえば、まだまだ二年ほど精力的に芝居を書き続け、絶筆を書き上げた十日後にぽっくり往生。あの千両を使って豪気な弔いを出したともいうが、己の生涯が芝居のような人だからどうにもありそうな話である。

東西――まず今日はこれぎり

米原信　まいばら・しん

二〇〇三年群馬県生まれ。
二〇二二年、オール讀物新人賞を史上最年少となる十九歳で受賞。二〇二五年現在、東京大学文学部に在学中。

かぶきもん

二〇二五年一月三十日　第一刷発行

著者　米原《まいばら》信《しん》
発行者　花田朋子
発行所　株式会社 文藝春秋
〒一〇二-八〇〇八 東京都千代田区紀尾井町三-二三
電話 〇三-三二六五-一二一一（代）
印刷　TOPPANクロレ
製本　加藤製本

定価はカバーに表示してあります。
万一、落丁乱丁の場合は送料小社負担でお取替えいたします。
小社製作部あてお送り下さい。

ISBN978-4-16-391935-5